KB114627

현대무림
지존

현대 무림 지존 1

현윤 장편소설

초판 1쇄 찍은 날 § 2016년 10월 24일
초판 1쇄 펴낸 날 § 2016년 10월 31일

지은이 § 현윤
펴낸이 § 서경석

편집책임 § 최지원

펴낸곳 § 도서출판 청어람
등록번호 § 제387-1999-000006호
등록일자 § 1999. 5. 31
어람번호 § 제1-2549호

주소 § 경기도 부천시 원미구 부일로 483번길 40 서경B/D 3F (우) 14640
전화 § 032-656-4452 팩스 § 032-656-4453
http://www.chungeoram.com
E-mail §chungeorambook@daum.net

ISBN 979-11-04-91014-2 04810
ISBN 979-11-04-91013-5 (세트)

현윤 장편소설

FUSION FANTASTIC STORY

현대무림지존

1

도서출판 청어람

차례

C O N T E N T S

현대무림
지존

프롤로그

1956년, 미국 로키산맥 지하에서 미확인 생명체가 발견되었다.

이들은 불에 대한 내성을 지니고 있었으며 폭약을 튕겨내는 정체불명의 보호막을 가지고 있었다.

통칭 '몬스터'라고 불리는 이 생명체들은 인간의 힘으로는 도저히 감당할 재간이 없었다.

결국 전 세계 곳곳으로 퍼져 나간 몬스터는 인류에게 극심한 타격을 입혔다.

별다른 저항도 하지 못한 채 그저 학살만 당하는 인류로선 그야말로 재앙이라 할 수 있었다.

전 세계 156개국의 도시 300개가 불에 타 없어졌고, 인류는 절체절명의 위기를 맞았다.

하지만 하늘이 무너져도 솟아날 구멍은 있었다.

검과 권을 사용하는 초인들이 전 세계 각지에서 일어나 인류 최대의 적인 몬스터들을 토벌하기 시작했다.

그들은 오래도록 무를 숭상하고 인간의 한계를 뛰어넘는 훈련을 거듭함으로써 몬스터에게 대항할 수 있는 힘을 가지게 되었다.

그러나 이 몇몇 초인들로는 몬스터를 다 막아내기에 역부족이었다.

학자들이 '던전'이라는 이름으로 학명을 붙인 지하 소굴에서 쏟아져 나온 몬스터들의 숫자가 점점 더 늘어나는 추세였기 때문이다.

그리하여 초인들은 자신들이 온 근간, 그러니까 무를 전수받은 사문과 가문의 이름을 붙여 독자적인 세력을 구축하였다.

사람들은 이런 초인들의 집단을 총칭 무인 세력이라 부르며 그들이 살아가는 세상을 지하 세계라 불렀다.

전 세계 오대양 육대주에 걸쳐 총 20개의 세력이 생겨나 파벌을 구성하고 지하 세계를 구축하게 된 것이다.

그 이후로 다시 40년이 흘렀을 무렵, 인류는 또 다른 전환점을 맞이하게 되었다.

인류는 몬스터가 꼭 피해만 입히는 존재가 아니라는 사실을 알아냈다.

몬스터 안에 내재되어 있는 거대한 에너지원인 '몬스터 코어'는 대체에너지로서 사용이 가능할 만큼 활용도가 높았다.

같은 무게 대비 가성비로 따지자면 석유의 약 150배, 우라늄의 15배에 달하는 엄청난 효율성을 가지고 있었다. 게다가 몬스터 코어는 폐기물이 발생하지 않고 연소나 발화 과정이 필요하지 않기 때문에 공해를 일으킬 걱정이 없었다.

이제는 이 몬스터 코어를 두고 전 세계 강대국들이 각축을 벌이고 있었으니 초인 집단이 국가에 미치는 영향은 가히 절대적이라 할 만했다.

코어를 채취할 수 있는 사람들은 오로지 무인뿐이고, 그들 집단의 힘이 강력할수록 나라는 부강해져 갔다.

이 때문에 무인 집단은 이제 서서히 몬스터들의 소굴인 '던전'을 놓고 각가지 암투와 경쟁을 벌이기에 이르렀다.

전문가들은 이것을 두고 '신에너지 전쟁'이라고 명명하였다.

미국, 영국, 일본, 한국, 중국 등 전 세계 주요 신에너지 세력들이 보이지 않는 전쟁을 시작한 것이다.

이러한 지하 세계의 각축전은 세계대전을 방불케 한다는

말이 있을 정도로 치열해 세계는 하루도 피가 마를 날이 없었
다.

그중에서도 동북아시아 전역을 아우르는 개방이 전 세계적
으로 가장 큰 세력을 구축하고 있었다.

하지만 개방은 정부의 끄나풀이 되는 것을 수치로 여겼기
때문에 그 어떤 누구의 말도 듣지 않고 독선적인 세력을 구축
해 나갔다.

그들은 몬스터 코어를 국가에 판매하지 않고 자신들 마음
대로 싼값에 서민들에게 지급하였기 때문에 동북아시아는 물
론이고 전 세계적으로 계속 문제가 되고 있었다.

이에 화산파, 청성파 등 개방에 의해 세력권이 축소된 명문
무림 집단들이 정부와 손을 잡고 무인계에서 개방을 밀어내
게 되었다.

그 결과 결국 개방은 무장 해제를 당하고 전 세계 곳곳으
로 뿔뿔이 흩어지게 되었다.

이로써 지하 세계는 더더욱 치열한 전쟁터로 변해갔고, 무
인들이 흘리는 피는 나날이 늘어만 갔다.

*   *   *

한여름 밤, 한차례 폭우가 쏟아지고 있다.

우르릉, 콰앙!

번쩍!

이 엄청난 폭우를 뚫고 섬광이 번쩍이자 골육상잔의 처참함이 그 모습을 드러냈다.

"허억, 허억!"

사내의 손에는 사람의 것으로 보이는 살점과 내장 조각이 달라붙어 있어 다소 괴기스러운 분위기를 자아냈다.

하지만 피바다의 가운데에 선 사내의 신변은 자못 위태로워 보였다.

얼굴이 칼로 난도질되어 있어 본래의 형체를 알아보기 힘들었으며 너무 많은 내공을 쏟아내어 육신이 무너지기 일보 직전이었다.

그러나 사내의 의지는 꺾이지 않았다.

그의 앞에 선 20명의 복면인이 혀를 내둘렀다.

"…지독한 놈이군. 사성회에 저런 고수가 숨어 있을 줄이야."

"일 초에 목이 하나. 정말이지, 보통 놈이 아니군요."

사내가 복면인들에게 말했다.

"남자가 무슨 말이 그렇게 많나? 검 대신 아가리 터는 기술만 배웠나 보군. 누가 뒷골목 양아치 아니랄까 봐 하는 짓도 아주 저질이 아닌가?"

"후후, 곧 죽어도 주둥이는 아주 팔팔하게 잘 살아 있구나."

"주둥이만 살아 있겠나?"

스르르르릉!

사내의 손에 서서히 이기가 서리더니 그것이 날카로운 원반의 형태로 변하였다.

그의 일장에 벌써 30명이 넘는 사람이 죽어 나자빠졌으니 어쩌면 저 원반에선 피비린내가 날 수도 있을 터였다.

복면인들은 아연실색하며 고개를 내저었다.

"독종이야, 독종."

"황천으로 보내주마!"

날카로운 원반이 사내의 주먹을 타고 아주 부드럽게 움직이기 시작했다.

부우우웅!

"사성격!"

촤라라락!

아마도 저 일장이 출수된다면 또 30명이 넘는 사람들이 죽을 것이다.

"불도저 같은 놈이군. 내단이 한 열 개쯤 되는가?"

"어떻게 할까요? 저렇게 가만히 내버려 두면 우리의 피해가 막대할 테지만, 그렇다고 죽이면 모든 것이 말짱 허사입니다."

"으음……"

"죽어라!"

사내의 장이 다시 한 번 뻗어 나갈 때쯤, 복면인의 손에서 녹색 침이 날아가 사내의 목덜미에 틀어박혔다.

퍼억!

"…끄허어억!"

"십혈향선독이다. 지네 일 만 마리의 독을 1년 동안 숙성시켜 만든 맹독이지."

"이런 개……!"

"자, 내가 셋을 세겠다. 그 안에 타구봉의 행적에 대해 말하여라. 만약 그래도 입을 열지 않으면 하는 수 없다. 죽일 수밖에."

"……."

"하나."

"……."

"둘."

"……."

"정말 이승에 대한 미련이 없는 모양이군."

사내는 아랫입술을 꽉 깨물었다.

뚜두둑!

어찌나 입술을 세게 짓깨물었는지 살점이 너덜너덜해져 피가 철철 흘러넘쳤다.

"…독은 네가 억지로 참는다고 어찌 될 것이 아니다. 이제 곧 기혈이 거꾸로 돌아 피가 분수처럼 치솟게 될 것이다. 결국 엔 온몸의 구멍이란 구멍에서 모두 피를 토해내겠지. 상상만 으로도 모골이 송연해지지 않는가?"

이제 중년을 지나 장년으로 가는 사내의 얼굴에 미소가 걸렸다.

"차라리 잘되었다. 오랜 친구의 목을 내어놓느니 차라리 내가 죽고 말겠다."

"앓느니 죽는다, 뭐 이런 말이군."

"너 같은 시정잡배 양아치에겐 의리나 정절이 별것 아니겠지만 나에겐 목숨보다 더 소중하다."

"네 가족보다?"

"……!"

순간, 장년 사내의 기혈이 뒤틀리며 피가 한 움큼 뿜어져 나왔다.

뚜두두둑!

"우웨에에에엑!"

"성질머리 하곤. 독이 퍼졌는데 그리 화를 내니 당연히 울화통이 터져 주화입마에 빠질 수밖에."

"쿨럭, 쿨럭! 네 이놈들, 죽어서도 저주하겠다!"

"저주 좋지. 하지만 죽은 사람은 말이 없는 법 아니겠나."

잠시 후, 그의 몸에선 정말로 분수처럼 피가 뿜어져 나왔다.

푸하아아아악!

검붉은 피가 비를 타고 계곡으로 흘러들어 땅속으로 스며들었다.

복면인들은 사내가 죽기 무섭게 그의 정장 바지춤과 주머니를 마구 뒤지기 시작했다.

슥슥.

하지만 그들은 원하는 바를 이루지 못하고 손을 털었다.

"없습니다."

"제기랄."

"어떻게 할까요?"

"…여기서 마무리하고 다음으로 넘어가지."

"예!"

복면인들은 살해 현장을 깔끔하게 정리한 후에 바람처럼 자취를 감추었다.

제1장
변고

늦은 밤, 하늘을 뚫고 억수처럼 비가 내리고 있다.

쏴아아아아아!

이미 한강을 통과하는 저상도로는 우천으로 인해 전부 다 마비되었고, 남은 곳이라곤 고가도로뿐이었다.

부아아아앙!

비가 내리는 고가도로 위를 질주하는 스포츠카 한 대가 있다.

"갈 길도 바쁜데 갑자기 무슨 폭우람."

대한병원 외과의사 김태하는 올해로 펠로우 1년 차에 접어

들었다.

의예과 6년과 군의관 3년까지 포함하면 올해로 병원 밥 15년 차에 접어드는 태하에게 가장 괴로운 것을 꼽으라고 한다면 바로 이 '응급 콜'이다.

"빌어먹을, 아무리 짬밥이 개차반이라도 이게 도대체 무슨 날벼락이람. 벌써 한 달째 말뚝이라는 것이 말이나 되는 소리냔 말이야."

태하가 이렇게 한 달째 불려 다니는 데엔 나름의 이유가 있었다.

태어나면서부터 손재주가 남달랐던 태하는 초등학교 4학년 때 자동차 정비공 특별 전형에 합격했을 정도로 비상한 손재주를 가졌다.

거기에 특출난 기억력과 집중력까지 가졌으니 외과의사로선 타고난 것이나 마찬가지였다.

태하의 외숙이 그를 볼 때마다 하는 소리가 있었다.

'넌 반드시 현대의 화타가 될 것이다. 나는 그에 투자하는 것이고.'

외숙은 세계 최대의 기업형 병원을 차리는 것이 꿈인데, 태하가 차근차근 커리어를 쌓아 이름을 날리게 되면 그를 얼굴 마담으로 세울 생각인 것이다.

지금 태하가 펠로우 월급에 최고급 스포츠카를 몰고 다닐 수 있는 것도 모두 외숙의 투자 덕분이다.

외과과장 임태성은 태하의 이런 천부적인 재능을 이용해 매일같이 VIP 응급수술을 맡기곤 했다.

드르르르르륵!

태하는 신경질적인 눈으로 핸드폰을 바라보았다.

임태성 과장

"…빌어먹을 새끼, 한남동에서 신촌까지 어떻게 5분 안에 튀어 오냐? 정말 해도 해도 너무하는군."

화가 머리끝까지 치밀어 오른다.

생각 같아선 머리통을 한 대 후려치고 싶지만 족보가 생명인 병원에서 그랬다간 금세 좌천이다.

부아아아아앙!

더욱 거칠게 달려가는 태하의 스포츠카 유리창에 대한병원 간판이 보인다.

억수처럼 내리는 비를 뚫고 대한병원 응급실 앞에 도착하니 미모의 간호사 두 명이 그를 마중 나와 있다.

병원에서는 보기 드문 미모의 그녀들이지만 태하에겐 아주 익숙한 얼굴이다.

"김태하 선생님!"

태하는 유리창 너머로 보이는 그녀들의 눈이 조금 부어 있다는 것을 알 수 있었다.

아마도 태하와 함께 매번 응급 콜을 받다 보니 심신이 너무도 피로할 것이다.

　태하는 그녀들에게 일부러 장난을 건넸다.

　"이야, 새벽에 나올 맛 나는데요? 이런 슈퍼 초미녀가 둘씩이나 마중을 나오다니."

　"…농담할 시간 없어요. 아시죠, 상황이 어떤지?"

　"압니다."

　"과장님께서 늦었다고 아주 난리가 났어요."

　"……."

　잠시 후, 임태성 과장이 달려 나온다.

　"김태하 선생!"

　달갑지 않은 얼굴이다.

　태하는 임태성 과장에게 고개를 숙여 인사했다.

　"나오셨습니까, 선생님?"

　"자네는 대학에서도 매번 지각을 하더니 펠로우가 되어서도 다를 것이 없군."

　"한남동에서 신촌까지 어떻게 5분 안에 달려옵니까? 그건 좀……."

　"지금 자네 스승에게 개기는 건가?"

　"…그건 아닙니다만."

　"어려서부터 실력이 좋다고 칭찬을 자주 해주었더니 이젠 스승의 머리 꼭대기에서 놀려고 하는군."

"……"

생각 같아선 뒤통수를 한 대 후려치고 싶었으나 참을 인자 세 번을 가슴에 새기는 태하이다.

'참자.'

그는 보자마자 태하에게 수술을 지시했다.

"아무튼 왔으니 다행이군. 김태하 선생, 수술 한 건 해줄 수 있지?"

"…예?"

"수술 말이야. 외과의사가 새벽에 불려 나올 이유가 뭐가 있겠어? 당연히 수술이지."

"……"

"해줄 거지?"

씨익.

오자마자 사람을 쥐 잡듯이 잡아놓고 수술을 시킬 때엔 잇몸 미소를 짓다니, 저 꼴을 무려 10년 넘게 봐온 태하는 이젠 넌덜머리가 났다.

"…일단 환자 좀 보겠습니다."

"그래, 환자 보고 차트도 꼼꼼히 살펴야지. 저분은 우리 병원 VVVIP거든."

태하는 속으로 욕지거리를 씹어뱉었다.

'이런 씨발 놈, 그럼 네가 집도를 해야지 왜 나 같은 펠로우 나부랭이를 부려먹냐?'

싹수가 노래도 이 정도면 거의 샛노랗다고 할 수 있다.

이 새벽에 실려 온 VVVIP를 수술했다가 잘못되면 자신이 책임을 져야 하니 태하에게 떠넘기려는 것이다.

태하가 벌써 한 달 넘게 응급수술 말뚝을 선 것도 전부 책임 회피 때문이다.

임태성에게 있어 커리어는 목숨과도 같았기에 스스로 메스를 잡는 일은 그리 흔하지 않았다.

그 때문에 죽어나는 사람은 태하였다.

"우리 애제자, 해줄 거지?"

"…예, 선생님."

"내가 위로 올라가야 자네가 교수 자리 하나 꿰찰 수 있지 않겠어? 그렇지 않나?"

"물론입니다."

임태성은 돌아서며 태하에게 손을 흔들었다.

"그래그래, 잘 부탁함세."

"예, 선생님. 살펴 가십시오."

태하는 울며 겨자 먹는 심정으로 차트를 받았다

"…차트 좀 주세요."

"괜찮아요?"

"인생이 다 그렇죠, 뭐."

그는 천천히 차트를 확인해 나갔다.

차트를 보니 환자가 거대한 자상 다섯 개를 달고 병원을 찾아왔다고 되어 있다.

"칼을 맞았어요?"

"네, 선생님. 복부에 두 방, 가슴에 세 방이요. 지금 엄청난 흉통을 호소하고 있어요."

"칼이 대략 40cm쯤 박혔다… 깊게도 박혔군. 이 정도면 거의 관통 직전이겠는데?"

"흉기가 꽤나 긴 장검이라고 하던데요?"

"또 시작이군, 그놈의 협객 놀음."

매번 보는 상황이긴 하지만 볼 때마다 어떻게 수술하나 막막한 생각이 드는 태하이다.

그는 힘이 쭉 빠져서 말했다.

"다른 특이 사항은?"

"부정맥 소견을 보여 왔어요. 최근에 판막 수술을 받았고요."

"…얼마 전에 인공판막을 이식 받은 사람이 이러면 곤란한데요."

"그러게 말이에요. 더군다나 나이도 지긋하던데."

"이것 참, 심장도 안 좋은 노인이 무슨 칼부림이람?"

"어떻게 하실 건가요?"

"일단 엑스레이 찍고 급한 부위부터 봉합합시다."

"수술실 잡을까요?"

"네, 수술실 차리면서 이동식으로 엑스레이를 찍자고요."

"알겠습니다."

태하는 오늘 밤도 참으로 길 것이라고 생각했다.

*   *   *

그날 오후, 피투성이가 된 태하가 휴게실에 축 늘어진 채로 누워 있다.

"……."

"고생 많으셨어요."

"…별말씀을요."

두 간호사는 태하가 인턴 시절부터 봐온 친근한 사람들이다.

그녀들은 얼굴도 예쁘지만 마음 씀씀이는 더 예뻐서 환자들은 물론이고 병원 사람들에게까지 인기가 좋았다.

태하가 그나마 이 힘든 병원 생활을 버틸 수 있는 것도 그녀들과 한 팀이 되었기 때문이다.

간호사 최미나가 태하가 평소에 즐겨 마시는 카모마일 차를 건넸다.

"한 잔 드세요."

"어이쿠, 언제 이런 차를 준비하셨어요?"

"수술이 길어질 것 같아서 미리 준비했어요."

"하여간 세상 사람들이 전부 다 최미나 선생만큼만 예쁘고 착해봐. 이 세상이 얼마나 살기 좋겠어?"

"…그럼 나는요?"

"험험, 이현희 선생도 자웅을 겨루기 힘든 미모지요."

"미모만?"

"거참, 척하면 척. 현희 선생은 그런 것도 몰라요?"

"흥, 미안하네요. 척하면 척, 그런 것도 몰라서요."

그녀가 토라지자 태하는 배시시 웃으며 이현희의 옆구리를 쿡쿡 찔렀다.

"에이, 왜 그래요? 수술 잘 끝내놓고."

"몰라요!"

"화 풀면 나중에 영화 보여줄게요."

"…또 조조할인이나 독립 영화 무료 시사회나 데리고 가려고요?"

"하하, 아니에요. 최신 영화로 쏘겠습니다!"

"쳇, 그럼 생각을 좀 해볼까나?"

"고마워요."

이현희가 장난기를 거두고 태하의 얼굴을 만지작거리며 말했다.

"그나저나 우리 김 선생님, 얼굴이 아주 반쪽이 되었네. 이 잘생긴 얼굴 다 망쳐서 어쩐데?"

"괜찮습니다."

최미나는 태하의 어깨를 다독여 주었다.

"여러모로 많이 힘드시죠?"

"아닙니다. 힘들다기보다는……."

"팔자가 사나워서 그렇다고 생각하세요."

피가 튀는 수술실에서 꼬박 반일을 보낸 태하는 깊은 한숨을 내쉬었다.

"…제기랄, 이럴 줄 알았으면 그냥 집안에서 시키는 대로 하는 건데."

"후후, 그러게 말이에요. 사성그룹의 중역이신 아버지와 명화그룹 차녀이신 어머니를 두고 왜 하필 의사가 되었어요? 그냥 검이나 잡으시지."

"맞아. 메스나 검이나 칼잡이는 마찬가지 아닌가요?"

"아니요, 나는 누군가를 죽이는 일은 딱 질색이에요."

"사성그룹과 명화그룹이 사람을 죽이는 일을 하는 것은 아니잖아요?"

"뭐, 그렇긴 하지만……."

"난 지하 세계 사람들이 너무 매력적이던데, 선생님은 아닌가 봐요."

"평생 몬스터 몸통이나 썰어야 하는데 매력적이긴 뭐가 매력적인가요?"

"무인 특유의 매너와 포스라고나 할까?"

"……."

"히힛, 하여간 멋있어요!"

이현희는 워낙 지하 세계에 대한 동경이 깊어서 시간만 나면 무협지와 홍콩 무협 영화를 들여다보곤 했다.

하지만 태하에겐 지하 세계가 그리 썩 멋있는 곳이 아니었다.

태하는 쓰게 웃었다.

"이 모든 고생을 보상 받는 날이 오겠죠?"

"물론이죠!"

"맞아요!"

"고맙습니다."

"저희들은 언제나 선생님 편이에요."

"정말이죠?"

"우리가 함께한 세월이 얼마인데요?"

"난 두 분 선생님을 아주 꽉 믿고 있어요."

"그런 의미로 낮술이나 한잔할까요?"

"좋죠!"

그녀들과 술자리를 갖기로 한 태하는 곧장 캐비닛으로 향했다.

*　　　*　　　*

개인 사물함이 있는 락커룸으로 들어선 태하는 깔끔하게 샤워를 하고 옷도 새것으로 갈아입었다.

그는 습관처럼 소지품을 챙기고 핸드폰을 확인했다.

오후 3:00

"이런 썩을. 11시간 동안 수술실에 처박혀 있었던 건가?"

속이 쓰려온다.

아마 오늘의 수술이 성공했다는 것은 모두 임태성 과장의 성과로 남을 것이고, 그는 용돈으로 몇십만 원 받는 것이 전부일 것이다.

"…술이나 퍼마셔야지."

태하가 핸드폰 시계를 확인하면서 그 안을 들여다보니 부재중 전화가 두 통 걸려와 있다.

한 통은 어머니에게서 온 것이고 한 통은 지역 번호 02로 시작되는 일반 전화이다.

"뭐지?"

그는 일반 전화부터 확인해 보았다.

뚜우—

—네, 강남경찰서 강력계입니다.

'겨, 경찰서?'

경찰서는 사람의 마음을 괜히 쿵덕쿵덕하게 만드는 그런 오묘한 힘이 있다.

이 세상에 경찰서에서 온 전화를 받고 침착할 수 있는 사람이 얼마나 되겠는가?

태하는 경찰서라는 말에 가슴에 괜히 쿵 하고 내려앉았다.

그러나 제법 강심장인 태하는 이내 조리 있게 말을 이어나갔다.

"부재중 전화가 왔기에 전화를 드렸습니다."

—성함이 어떻게 되시죠?

"김태하입니다."

—아아, 김태하 씨, 부친 성함이 김명화 씨 되시죠?

"예, 그렇습니다만?"

—모친께도 전화를 드렸지만 벌써 삼 일째 부재중이라 아드님께 전화를 드렸더니 역시 부재중이더군요.

"어머니께서 삼 일째 부재중이라고요?"

—예, 그렇습니다. 어디 여행이라도 가신 모양이지요?

그는 고개를 갸웃거렸다.

대학교수인 어머니는 강단에서 무학과 검의 이론에 대해 가르치는 사람이지만 강의가 없거나 일과가 끝나면 곧장 집으로 돌아와 살림에 전념한다.

태하가 어려서부터 집을 나오기 전까지 단 한 번도 바깥에서 밥을 먹어본 적이 없을 정도로 가정적인 어머니다.

그런 어머니가 부재중이라니, 뭔가 좀 이상하다 싶은 태하이다.

"외가가 일본에 있긴 합니다만, 그렇다고 집을 삼 일이나 비울 리는 없는데……."

―그렇군요. 아무튼 아드님과 연락이 되었으니 다행입니다. 지금 시간 괜찮으시면 이쪽으로 좀 와주시죠.

"무엇 때문에 그러시죠?

―다른 것이 아니고 아버님 시신이 발견되어서 말입니다.

순간 태하는 자신의 귀를 의심했다.

"뭐, 뭐가 어쨌다고요?"

―실종자 신고를 받고 조사하다가 저번에 경기도 양평에서 벌어진 살인 사건의 피해자와 부친의 지문이 일치한다는 것을 알아냈습니다.

"어, 어어… 그게 도대체 무슨……."

―실종자 신고가 되어 있었는데 모르셨나요?

"네, 전혀."

—부친께서 일주일째 연락이 두절되어 실종 신고가 되었습니다.

태하는 서서히 정신이 혼미해져 왔다.

"……."

—김태하 씨?

"…예, 말씀하시죠."

—아무튼 부친이 대한병원에 있습니다. 영안실에서 만나시죠.

그는 전화를 끊자마자 병원 지하실 시신 보관소로 달려갔다.

*　　　*　　　*

대한병원 지하 5층의 시신 보관소 안.

끼익, 철컹!

네 번째 줄 세 번째 보관함의 문이 열리며 얼굴이 새파랗게 질린 태하의 아버지가 모습을 드러냈다.

"김명화 씨, 64세. 맞으신가요?"

"…네, 그렇군요."

아버지는 태하의 인생에 가장 많은 영향을 끼친 사람이다.

비록 평생 검을 잡고 살아 입이 걸고 표현이 서툴긴 했지만 그 누구보다 태하를 아끼던 아버지였다.

최근까지 아버지의 얼굴을 보아온 태하로선 도저히 이 사실이 믿어지지 않았다.

싸늘하게 식은 아버지를 바라보니 심장이 아려오는 태하다.

"아직 부검이 이뤄지지 않아서 잘은 모르겠습니다만, 감식반의 말에 따르자면 혈액에서 다량의 신경독이 발견되었다고 하더군요."

"도, 독이요?"

"무슨 절지류 쪽에서 주로 발견되는 독이라고 하던데, 자세한 것은 저도 잘 모르겠습니다."

"절지류라… 거미나 지네 같은?"

"맞아요."

"세상에, 요즘 같은 시대에 무슨 독살이……."

아주 가끔 산에서 뱀에 물려 발이 퉁퉁 부어 실려 오는 사람들이 있기는 하지만 이렇게 신경독에 당해 죽는 사람은 그리 흔하지 않았다.

무인들은 독이 사람을 해치는 잔악한 수단이라며 근절 운동을 펼치고 있었다. 때문에 어디서든 이런 독을 구하기가 그리 쉽지 않았다.

"요즘 같은 세상에 독을 구하는 것이 쉽지는 않습니다. 굳이 신경독까지 마련할 정도면 분명 원한 관계가 있을 것이라 생각됩니다."

"원한에 의한 살인이라고 생각하시는 건가요?"

"일단 조사를 해봐야지요. 하지만 몸에 있는 상처나 타박상으로 미뤄봤을 때 자살은 아닐 것으로 추정합니다. 상처의 대부분이 몽둥이에 맞았거나 칼에 찔려서 난 자상으로 보이거든요."

"아버지 같은 사람이 무슨 원한 관계를……."

"이 바닥은 거칠어요. 뒷골목 건달들의 싸움은 싸움도 아닙니다. 대한병원 외과의사면 잘 아실 텐데요?"

"……."

"부친께선 이 바닥에서 아주 유명한 분입니다. 아마 아버님보다 몬스터를 더 많이 때려잡은 사람도 없을 테지요."

"이것 참, 국위선양도 마음대로 할 수 없는 세상이군요."

"아무튼 이제 보호자께서 오셨으니 시신을 인계하겠습니다."

"부검을 의뢰할 수 있습니까?"

"물론입니다. 안 그래도 부검 동의서를 작성해 주셨으면 했는데, 마침 말을 잘 꺼내주셨습니다."

"…당연히 부검을 해야지요. 독에 비명횡사하셨는데 말입니다."

"그래요, 아무튼 잘 알겠습니다. 그럼 시신은 국과수로 보내고 수사는 진전이 생기면 곧바로 연락드리지요."

"네, 감사합니다."

경찰은 태하에게 어머니 얘기를 꺼냈다.

"아 참, 모친은 잘 계시죠? 도통 연락이 닿지 않아서 조금 걱정되었거든요."

"…제가 집으로 가보겠습니다."

"네, 그러세요."

아버지가 변고를 당하셨는데 어머니는 연락이 닿지 않는다니, 태하는 걱정스러운 마음이 너무나 컸다.

그는 곧장 집으로 달려갔다.

*   *   *

경기도 화성의 한적한 전원주택 앞.

부아아아앙, 끼이익!

태하의 스포츠카가 엄청난 열기를 내뿜으며 멈추어 섰다.

그는 급히 차에서 내려 대문을 두드렸다.

쿵쿵쿵!

"어머니! 어머니!"

태하는 대문을 두드려도 대답이 없자 곧장 담장을 뛰어넘었다.

중학교를 졸업하고 고등학교에 진학하던 시절에 검을 배우기 싫어서 자주 가출을 감행하던 태하는 이 정도 담은 아주 손쉽게 넘었다.

파밧!

단숨에 담을 넘어 마당에 발을 대어보니 평소와는 다른 뭔가가 있는 것 같았다.

'…느낌이 좋지 않은데?'

매일같이 지저귀고 있어야 할 모란앵무새와 구관조가 보이지 않았다.

태하가 왔다고 아주 난리법석을 떨어야 할 녀석들이 없다는 것은 아무래도 심상치 않은 일이었다.

그는 조용히 현관문을 열었다.

끼이이익!

숨을 죽인 채 문을 연 태하는 천천히 주변 풍경을 살폈다.

집 안의 불이란 불은 다 꺼져 있어서 사람이 있는지 알 수가 없었고 신발장은 전부 어지럽혀져 있었다.

평소에 정리 정돈과 청소를 목숨처럼 생각하는 어머니가 신발을 이렇게 어지럽혀 놓았다는 것은 있을 수 없는 일이었다.

그는 신발을 벗고 천천히 발을 들였다.

끼이익!

바로 그때, 태하의 머리 위에서부터 시신 한 구가 떨어져 내렸다.

쿠웅!

"으, 으아아악!"

화들짝 놀란 태하는 그대로 뒤로 나자빠져 버렸다.

바닥에 머리를 찧으며 쓰러진 태하는 아주 익숙한 촉감의 액체가 머리를 타고 스며드는 것을 느꼈다.

"피, 피?"

재빨리 자리에서 일어선 태하는 거실의 불을 켰다.

그러자 처참한 집 안 꼴이 그의 눈에 들어왔다.

"어, 어머니!"

온몸이 칼로 난도질된 어머니의 피가 온 집 안을 물들여 주변에서 역한 피 냄새가 진동하고 있었다.

그녀가 사망한 지 족히 사나흘은 되는 것 같았다.

태하는 믿을 수 없다는 듯이 어머니를 바라보았다.

"…뭐, 뭐가 어떻게 된 거야?! 어머니! 어머니!"

너무 놀란 나머지 눈물이고 뭐고 아무런 생각도 들지 않는 태하였다.

다만 직업병처럼 타인의 상태를 살피는 것이 몸에 배어 어머니의 사망 시각을 단순히 추정하고 있을 뿐이다.

아버지에 이어 어머니까지 이런 변고를 당하다니, 태하는 도저히 정신을 차릴 수가 없었다.

"……."

거의 패닉 상태에 이르러 있는 태하에게 저 멀리서 사내들의 목소리가 들려왔다.

"끄어어억! 이 동네 백반이 정말 괜찮은 걸?"

"부부가 이 동네에서 30년을 넘게 산 이유가 있긴 있나보지."

태하는 황급히 자리를 떠나 장식용 벽난로 옆 작은 붙박이장에 숨었다.

가구가 거의 없는 태하네 집은 곳곳에 붙박이장을 설치해 놓아서 눈에 잘 띄지 않는 수납공간이 꽤 많았다.

이 붙박이장은 집 안의 구조를 완벽히 다 숙지하지 못한 사람이라면 도저히 상상할 수 없을 정도로 교묘하게 설계되어 있다.

본능적으로 붙박이장에 숨은 태하는 사내들의 발소리를 들었다.

뚜벅뚜벅.

'저놈들이구나. 어머니를 살해한 놈들이.'

가만히 바깥의 상황에 귀를 기울이는 태하이다.

"이런 빌어먹을, 시체 잘 묶어놓으라고 내가 몇 번이나 말했어?!"

"부, 분명히 2층에 잘 묶어놓았는데……."

퍼억!

"으윽!"

걸걸한 목소리의 사내는 가는 모기 목소리의 남자에게 꼼짝을 못 하는 것 같았다.

아마도 두 사람은 상하 관계가 분명해 보였다. 그렇지 않았다면 어딘가를 한 대 얻어맞고도 찍소리 하지 못할 리가 없었다.

"다시 한 번 말하지만 우리가 당문에서 살아남을 수 있는 방법은 오로지 하나야. 알아들어?"

"알겠어."

"하여간 이 형이 도대체 몇 번이나 말해야 알아듣겠냐? 그렇게 조심성이 없어서 어떻게 당문에서 밥 벌어먹고 살겠다는 거야?"

태하는 어디선가 당문이라는 소리를 들어본 적이 있는 것 같았다.

중국에서 살수 노릇을 하던 당문은 그 명맥이 뒷골목을 타고 지금까지 이어져 흑사회의 거두로 우뚝 서 있었다.

하지만 검보다는 암기를 사용하여 지금까지 명맥을 이어온 만큼 몬스터 사냥에는 투입될 수가 없었다.

때문에 검을 수련한 사람들 치곤 세력이 아주 약한 편이라고 할 수 있었다.

물론 그것은 여타 다른 무인 집단에 비할 때의 얘기이고 뒷골목에선 알아주는 거두로 악명이 자자했다.

'독으로 사람을 죽이기로 유명한 당문이라니, 그렇다면 혹시 아버지도……?'

화가 머리끝까지 치밀어 오르는 태하였지만 무공의 무 자도 모르는 의사가 저들을 이길 수 있는 방법은 없었다.

그는 속에서 천불이 났다.

'제기랄! 이럴 줄 알았다면 평소에 검을 연마해 두는 건데!'

단지 가업을 잇기 싫다고 의사가 된 것은 아니지만 부모님의 원수도 갚지 못하는 자신을 기대하고 의대에 간 것은 아니었다.

오늘따라 자신이 너무나도 초라하고 밉게 느껴지는 태하이다.

'…죽고 싶구나.'

한숨이 꼬리를 무는 가운데 태하의 핸드폰이 울린다.

지이이이잉!

순간 태하는 숨이 꼴딱 넘어갈 뻔했다.

'이런 빌어먹을!'

황급히 전화의 배터리를 분리하긴 했지만 분명 저들이 진동이 울리는 소리를 들었을 것이다.

태하는 순간 자신의 목숨이 경각에 달렸다는 것을 깨달았다.

'죽었구나, 죽었어. 내 운명은 여기까지인 모양이다.'

아니나 다를까, 두 놈이 태하가 숨어 있는 벽장을 찾아 걸음을 옮기기 시작했다.

"집 안에 무슨 설비 같은 것이 되어 있나?"

"그렇다고 해도 전기를 다 내려놓았는데 무슨……."

"……."

"왜 그래?"

"…전기를 내려놓았는데 불이 어떻게 켜진 거지?"

"시신이 떨어지면서 두꺼비집을 올린 것은 아닐까?"

"그렇다고 거실의 형광등이 켜진다고?"

"아아, 하긴……."

"이런, 피라미 새끼가 숨어들었구나!"

쉬익!

사내들의 손에서 암기가 쏘아져 벽장을 뚫고 들어와 태하의 바로 옆에 꽂혔다.

퍽퍽퍽!

'허, 허억!'

비명을 집어삼킨 태하는 안 그래도 좁은 벽장 구석으로 점점 더 몸을 구겨 넣었다.

쿵쿵.

그들은 비릿한 미소를 지었다.

"큭큭, 바짝 졸아붙었군. 오줌이나 싸지 않았다면 다행이 겠어."

"낄낄낄, 그러게 말이야."

그들의 발소리가 점점 더 가까워져 왔다.

뚜벅뚜벅.

태하는 순간적으로 혀를 깨물까 하는 생각을 해보았다. 하지만 그럴 새도 없이 사내들이 태하의 앞에 모습을 드러냈다.

끼이익.

"여기 있었군."

"다, 당신들, 누구야?!"

"잠깐, 이 새끼는……."

사내들은 이내 미소를 지었다.

"후후, 천우신조로군. 그 넓은 병원에서 도대체 어떻게 이놈을 빼내는가 걱정했더니 제 발로 사지로 걸어 들어왔군그래."

"그럼 이제 더는 목숨 걸 필요가 없어진 거네?"

"그렇다고 봐야지."

태하는 순간적으로 자신의 목덜미가 싸늘해져 온다고 느꼈다.

퍼억!

"꼬르르르륵……."

"기절했으니 한 세 시간쯤 푹 자겠지."

"이제 데리고 나가면 되는 건가?"

"그래, 가자. 이놈에게서 알아내야 할 것이 있잖아?"

사내들은 태하를 검은색 가방에 집어넣었다.

부우욱!

지퍼 올라가는 소리가 들린 후엔 아무것도 보이지 않고 들리지 않게 된 태하이다.

'이렇게 죽는가 보군.'

태하의 의식이 점점 흐려져 간다.

*　　　*　　　*

서울역 광장 앞 노숙자 무료 배식 현장.

수많은 노숙자들이 아침 끼니를 때우기 위해 무료 배식 현장으로 모여들었다.

오늘 아침은 김칫국에 콩나물 무침이 전부였지만 따뜻한 밥을 배불리 먹을 수 있다는 것은 노숙자들에게 아주 큰 위안거리가 되었다.

무료 배식을 해주는 봉사자들의 목소리가 서울역 광장에 울려 퍼진다.

"자자, 줄을 서세요!"

"밥은 많습니다! 모두 다 드실 수 있으니 걱정 말고 질서를 지켜주세요!"

몬스터 코어 발전이 자리를 잡아감에 따라 대한민국의 전반적인 생활수준은 조금씩 높아져 가고 있었으나 재화의 양극화 현상은 여전했다.

일자리 창출로 인한 청년실업이 완화되었지만 아직도 거리에는 노숙자들이 즐비했다.

정부는 노숙자 구제 대책을 마련한다며 몇 년째 정책을 구성하고 있으나 도무지 일에 진전이 보이지 않았다.

때문에 노숙자 구제는 사설 복지 재단의 몫이었다.

김칫국 배식 담당 김예린은 익숙한 얼굴들과 마주했다.

"예린 씨, 오늘도 예쁜데?"

"고마워요, 김 씨 아저씨. 노숙자 쉼터에 자리가 하나 났대요. 들어오실래요?"

"…싫어."

"왜 그러시지? 일자리도 찾아주고 밥도 주고 재워준다는데."

"그냥 싫어. 국이나 많이 퍼줘."

"네, 알겠어요."

그녀는 노숙자들과 아침 인사를 나누며 배식을 이어나간다.

그러던 도중 유난히 나이가 많은 노숙자 한 명이 다가왔다.

"…김치 좀 많이 주시게."

"네, 어르신."

김예린은 국자를 깊숙이 집어넣고 국을 마구 휘저어 큼지막한 김치 꼭지 부분을 배식판 위에 떡하니 올려놓았다.

"좋아하시는 부분이에요."

"고맙네."

"별말씀을요."

배식을 받은 노인은 김예린에게 다소 뜬금없는 소리를 했다.

"다음 달엔 비가 온다던가?"

"…네, 온대요."

순간, 노인이 눈을 번쩍 떴다.

"그, 그렇군."

"많이 드세요."

노인은 배식을 받은 음식을 가지고 구석으로 숨어들어 갔다.

노숙자들은 나름대로 노인과 친해지기 위해 술도 권해보고 담배도 권했다.

"어르신, 어제 동냥질을 좀 했는데 반주 한잔하시죠."

"…괜찮으이."

그들이 선뜻 건넨 호의를 거절하고 홀로 식판에 머리를 파묻은 노인은 김칫국 안에 들어 있는 건더기를 아주 조심스럽게 씹었다.

우득!

놀랍게도 건더기 안에는 금으로 된 캡슐이 들어 있었다.

노인은 캡슐을 꺼내어 그 안에 들어 있는 편지를 꺼냈다.

"…드디어 행방을 찾은 것인가?!"

감격에 겨운 표정으로 편지를 읽어 내려가던 노인이 순간 멈칫거렸다.

"이, 이런 빌어먹을?!"

그는 편지와 캡슐을 식판 국그릇에 집어넣곤 그것을 확 엎어버렸다.

쨍그랑!

"에이, 맛없어!"

김예린은 식판을 마구 발로 밟고 있는 노인을 따라갔다.

"어르신!"

"이거 놔!"

자신을 붙잡는 김예린을 아주 완강하게 밀어내는 노인, 그는 김예린을 뿌리치는 척하면서 말했다.

"…일가가 다 몰살했다?"

"예, 장로님."

"이런 말도 안 되는 경우가 다 있나?!"

"이젠 그나마 남은 타구봉의 행방을 영원히 알 수 없게 되었습니다."

"…하늘도 무심하시지."

"이로써 개방의 재건은 다시 물거품이 되는 걸까요?"

노인은 그녀에게 작은 나무 명패를 하나 건넸다.

서울 분타주 이명수

"이것을 가지고 울산으로 가게."

"울산이요?"

"울산 분타주와 상의해서 실종되었다는 김명화 이사의 아들을 찾아보도록 하게."

"예, 알겠습니다."

"은밀히 움직이게. 보는 눈이 많아."

다시 자리에서 일어선 노인은 그대로 홀연히 사라져 버렸고, 김예린은 고개를 좌우로 가로저었다.

짐짓 질렸다는 표정을 지은 그녀는 식판을 주워 들었다.

"성정이 저리도 괴팍하시니 어쩌면 좋아."

"김예린 씨, 너무 걱정하지 말라고. 저러다 호상을 치르면 스스로에게도 좋은 것 아니겠어?"

"……."

그녀는 마저 남은 배식을 끝내고 울산으로 향했다.

*　　　　*　　　　*

서울 강남경찰서로 사성그룹 김명화 이사의 유품이 도착했다.

살해를 당하던 당시에 지니고 있던 물건들이 김명화의 유품으로 가족들에게 전달될 것이다.

담당 형사 이계진은 벌써 김명화의 아들 김태하에게 열 통이 넘게 전화를 했다. 하지만 그는 여전히 부재중이다.

"이 집안에 무슨 우환이 있나? 다들 전화를 안 받는군."

"왜 그래?"

이계진이 김태하에게 전화를 걸고 있을 무렵, 형사과장 최태진이 다가왔다.

그는 고개를 가로저었다.

"유류품을 전달해 주어야 하는데 전화를 안 받는군요. 참고인 진술도 받아야 하는데 말이죠."

"그 집 아들 말인가?"

"예, 과장님."

"이상하군. 얼마 전까지만 해도 소재 파악이 되었는데 말이야. 요 며칠 사이에 그렇게 훌쩍 떠나 종적을 감춰 버렸나?"

"심경의 변화가 생긴 것은 아닐까요?"

최태진은 그의 말에 수긍하였다.

"하긴, 한꺼번에 양친이 모두 다 사망했는데 정신이 멀쩡할 사람이 어디 있겠어?"

"무인 집안에 의사 아들이라고 해서 심신이 굳건할 줄 알았는데 그건 아닌 모양입니다."

"부모의 부고에 심신이 굳건하고 말고가 어디에 있나?"

"뭐, 그건 그렇죠."

그는 이계진에게 유류품에 대해 물었다.

"그나저나 유품으로 전해줄 만한 물건이 있긴 한가? 옷가지가 다 벗겨져 있었다면서."

"두 개 있습니다. 하나는 가족사진이 담긴 펜던트이고 하나는 결혼반지인 것 같더군요."

"지독한 놈들, 몸에 지니고 있는 것만 빼곤 전부 다 가져간 모양이군."

"심지어 지갑도 없고 핸드폰도 없습니다. 아마 손가락과 목덜미는 신경을 쓰지 못한 모양입니다."

"경황이 없었다… 뭐 그런 소리이군."

"예, 과장님."

최태진은 유품을 증거 보관소로 보내기로 한다.

"증거 보관소로 보내. 그렇게 되면 잃어버리거나 행방이 묘연해지는 일은 없겠지."

"예, 알겠습니다."

김명화의 마지막 숨이 담긴 유품은 증거 보관소 캐비닛에 담겨 잠들게 되었다.

제2장

길을 잃다

태하가 정신을 잃은 지 얼마나 되었을까?

출렁출렁!

"으음……."

그는 자신의 얼굴을 간질이는 햇살과 바닷물 때문에 잠에서 깨어났다.

순간, 태하는 화들짝 놀랐다.

"허억! 여긴 또 어디야?"

아마도 목덜미를 얻어맞고 정신을 잃은 후 바다까지 끌려와 망망대해를 부유하고 있는 모양이다.

태하는 자신을 기절시킨 사내들과 그 동료들을 마주하게 되었다.

"정신이 좀 드나?"

"여, 여긴……."

"황해 한가운데야. 아마 이곳에 시신을 버린다고 해도 아무도 모를 테지. 그거 아나? 실종된 사람 중 거의 절반은 이 바다에 빠져 죽었다는 것을 말이야. 멍청한 놈들이나 시체를 땅에 묻지, 우리처럼 밥 먹듯이 사람 죽이는 놈들은 바다에 사람을 버려. 그게 가장 깔끔하거든."

태하의 바로 옆에선 드럼통에 사람을 담아놓고 그 위에 콘크리트를 쏟아붓고 있었다.

드럼통에 시신을 넣고 콘크리트를 양생시키면 그 무게 때문에 망망대해 심해에 가라앉고 말 테니 평생 바다가 마르기 전까진 시신을 찾을 수 없을 것이다.

태하는 섬뜩한 이들의 눈빛에 서서히 눈을 아래로 내리깔 수밖에 없었다.

"워, 원하는 것이 뭐예요?"

"원하는 것?"

그는 태하에게 사진을 한 장 건넸다.

사진 속에는 녹색 옥으로 만든 봉이 담겨 있었는데, 양쪽 끝에는 검은색 철이 용 모양으로 조각되어 있었다.

태하는 고개를 갸웃거렸다.

"이게 뭡니까?"

"이게 뭔지 정말 몰라?"

"…나 같은 의사에겐 고대 미술품에 대한 조예가 없습니다. 내가 사학자라면 또 모를까, 그 물건이 뭔지 어떻게 알겠어요?"

"끝까지 시치미를 떼는군. 어이, 물건을 가지고 와."

잠시 후 드럼통에 담긴 태하의 어머니가 그의 앞에 놓였다.

쿵!

순간, 태하의 눈이 터질 듯이 커졌다.

"어, 어머니?! 이런 씨발, 이게 도대체 뭐하는 짓이야?! 우리 가족이 뭘 잘못했다고 이러는 건데?!"

"내가 말했잖아. 이 물건의 행방을 알고 싶다고. 그뿐이다."

"이런 천하의 개새끼야, 내가 그걸 도대체 어떻게 알아?! 그리고 저딴 물건은 백 트럭 가져다 줘도 싫어! 만약 있다면 골백번도 더 줬을 것이다! 저게 도대체 뭔데 사람까지 죽이는 거야?!"

"…아주 생 지랄을 다 하는군."

"흠, 정말 모르는 것 같은데?"

"당연하지! 15년 동안 병원에 처박혀 의술만 공부한 내가 뭘 알겠나?!"

그들은 태하의 말이 진심이라고 수긍한 것 같았다.

"그래, 네 말을 믿어주지."

"……."

"하지만 네놈이 살아서 이 바다를 나갈 수는 없을 것이다."

"뭐, 뭐?"

"늙은 여자를 굳혀서 바다에 버려라."

"예!"

"자, 잠깐! 이런 씨발!"

태하는 자신의 앞에서 어머니의 입속으로 콘크리트가 쏟아져 들어가는 것을 보고 있을 수밖에 없었다.

입에 깔때기를 끼우고 양동이로 콘크리트를 쏟아붓자 그녀의 배가 점점 부풀어 올라 입과 코로 콘크리트가 사정없이 흘러내렸다.

그런 이후 드럼통에 그녀를 욱여넣고 콘크리트를 다시 한 번 채워 단단하게 양생을 마무리하였다.

"흑흑, 어머니!"

"사람은 죽을 자리를 잘 알아봐야 해. 저 중늙은이가 고분고분 우리의 말을 잘 들었어 봐. 이런 일이 벌어졌겠어?"

"이런 씨발 새끼들! 죽어서도 저주하겠다!"

"…제 아비와 똑같은 소리를 하는군."

태하가 발버둥을 치든 말든 그녀의 몸은 바닷속 깊숙한 곳으로 가라앉았다.

꼬르르르륵!

"끄아아아아악! 이런 씨발 놈들!"

"이 새끼가 아주 대담한데? 너도 곧 저렇게 죽을 텐데 겁도 안 나나?"

"그래, 씨발! 죽여라! 어서 죽여!"

"큭큭, 안 그래도 죽일 것이다. 조금만 기다려."

사내는 태하의 입에 어머니의 유품인 반지를 집어넣고 목덜미를 후려쳤다.

퍽!

꿀꺽!

"으윽!"

"다이아몬드 같더군. 나는 죽은 사람 물건은 가질 생각이 없으니 네가 삼키고 같이 죽어라."

"……."

스스스스!

그의 손에서 녹색 진기가 피어오르는 찰나, 한 복면인이 전화를 건넨다.

"단주님!"

"…무슨 일인가?"

"전화를 좀 받으셔야겠습니다."

"누군데?"

"일본에서 걸려왔습니다."

그는 황급히 전화를 받았다.

그런데 그의 낯빛이 서서히 굳어갔다.

"…예, 알겠습니다."

전화를 끊은 사내가 태하의 얼굴을 주먹으로 마구 후려쳤다.

퍼억, 퍼억, 퍼억, 퍼억!

"쿨럭, 쿨럭!"

"이런 개자식, 이게 다 너 때문이다!"

빠각!

"꼬르르륵."

태하는 고통에 못 이겨 기절해 버렸다.

여전히 씩씩거리는 그에게 부하들이 다가왔다.

"…제기랄! 이 새끼, 언젠간 내가 반드시 죽여주겠다!"

"형, 무슨 일이야?"

"이놈을 데리고 일본으로 돌아간다."

"이, 일본으로? 죽여서 묻어버리지 않고?"

"…돌아간다."

"알겠어. 배를 돌려라!"

"예!"

태하는 구사일생으로 목숨을 건지긴 했으나 자신의 안위가 흔들리고 있다는 것을 어렵지 않게 간파하였다.

　그러나 이미 삶에 대한 애착을 잃어버린 태하에게 그런 것은 중요하지 않았다.

　그는 조용히 눈을 감았다.

*　　　　*　　　　*

　대한민국 남부 해안에 폭우가 쏟아져 내리고 있다.

　우르릉, 콰앙!

　남해 먼 바다에선 이미 풍랑 경보가 내려져 선박의 운행이 전면 중단된 상태였다.

　태하는 흔들거리는 배의 지하 선실에 있는 철창에 갇혀 죄인처럼 쪼그려 앉아 있었다.

　끼익, 끼악.

　얼마 전부터 내리던 비가 폭풍을 타고 온 것이었다는 사실은 일기예보만 보아도 알 수 있었다.

　그러나 이들에겐 당장 일본으로 돌아가야 할 사정이 있는 모양이다.

　"…차라리 침몰해 버려라."

　기왕지사 일이 이렇게 된 김에 배가 침몰해 버린다면 부모

길을 잃다　61

님의 원수를 갚을 수 있으니 태하에겐 오히려 잘된 일이었다.

하지만 그것은 태하 본인도 함께 수장된다는 소리였다.

그는 자신이 죽어도 좋다고 생각했다.

쿠구구궁!

점점 더 거칠게 몰아치는 비바람은 태하를 신명나게 만들어주었다.

"우하하! 그래, 빌어먹을! 다 죽자! 죽어버리자!"

태하가 나 홀로 미쳐서 발광을 하고 있을 때쯤, 선실로 복면인 하나가 들어왔다.

그는 태하의 볼기짝을 거칠게 후려쳤다.

짜악, 짜악!

"재수 없는 소리를 한 번만 더 지껄였다간 목덜미를 그어버릴 것이다!"

"흥, 그러면 내가 못 할 줄 알고?! 침몰해라! 그냥 가라앉아 버려라!"

태하는 억울한 일을 당하곤 죽어도 못 배기는 성미라 어떻게 해서든 이들에게 복수를 하고 싶었다.

"죽어라! 다 죽으란 말이다! 으하하!"

"…미쳤군. 제 아비보다 더 지랄 같은 놈이야. 그나마 아비는 좀 나은 편이었어."

귀를 틀어막은 복면인이 다시 선실 위로 올라가려는 찰나,

밖에서 물이 한바탕 쳐들어왔다.

촤아아악!

"으허억!"

"…치, 침몰인가?!"

인생을 포기했다곤 해도 자신의 앞으로 죽음의 그림자가 드리워 오는데 멀쩡하게 앉아 있을 사람이 과연 있을까?

콰앙!

"서, 선실이 뚫렸어?!"

"이런 미친 자식! 이제 소원 성취했으니 적어도 물귀신은 되지 않겠군! 그렇지 않나?!"

바로 그때, 선실 문이 열리며 당 씨 형제가 들어섰다.

"어이, 남성이! 어서 올라와! 배를 갈아타야 할 것 같아!"

"배를 갈아타다니요?"

"배가 침몰할 것 같아서 헬기를 불렀어! 지금 헬기가 이쪽으로 오는 중이야! 오래는 못 떠 있으니 부지런히 움직여야 해!"

"그럼 이놈은 어쩝니까?"

"버려."

"……!"

태하의 바람은 이게 아니었다.

나쁜 짓을 한 놈들이 벌을 받기를 바란 것이지, 자신만 이렇게 개죽음을 당하는 것은 아니었다.

그는 돌아서는 복면인들에게 버럭 소리쳤다.

"이런 개자식들! 그리고도 잘 살 줄 아느냐?!"

"후후, 앞으로 승승장구하며 아주 잘 살 것이다."

"으아아악, 하늘도 무심하시지!"

"큭큭, 아무래도 하늘은 우리의 편인 것 같지?"

잠시 후, 정말로 헬기가 한 대 날아와 경적을 울렸다.

뿌우우우우우!

"왔군. 풍랑이 더 세지면 사다리를 탈 수 없을지도 몰라. 어서 나가지."

"예!"

태하는 점점 물이 차오르는 선실 바닥에 주저앉아 허망한 넋두리를 해댔다.

"아버지, 죄송합니다! 어머니, 죄송해요!"

잠시 후, 배가 절반으로 쪼개지면서 엄청난 수압이 태하를 덮쳐왔다.

콰앙!

"크허억!"

결국 태하는 물살에 휩쓸려 망망대해 한복판에 버려지고 말았다.

　서울 명동 한복판에 위치한 사성그룹 본사로 명화그룹 부회장 장수원이 찾아왔다.

　사성그룹 회장인 구회성은 아주 정중하게 장수원을 맞았다.

　"오랜만입니다."

　"한 10년쯤 되었나요?"

　"태하의 고등학교 졸업 이후론 한 번도 못 보았으니 10년이 넘었지요."

　"그렇군요."

　장수원은 그리 말이 많은 사람이 아니었다.

　"김 이사가 타계하셨다고요?"

　"예, 그렇습니다."

　"회사 입장에선 타격이 이만저만이 아니겠군요."

　"타격이라면 타격이지요. 그런 고수를 잃었으니 말입니다. 무엇보다도 사성단의 형제가 몬스터와의 싸움이 아니라 독에 당해 절명했다는 것이 큰 충격으로 다가오더군요."

　"제자들도 충격이 크겠군요."

　"지금 범인을 잡아 복수하겠다며 칼을 갈고 있습니다. 조만간 피바람이 불 것 같습니다."

"그런 거물을 건들다니, 도대체 무슨 영문인지 모르겠군요."

"그들에게도 나름대로의 사정이 있겠지요."

구회성은 장수원에게 명화그룹 차녀 장희원의 실종 소식에 대해 물었다.

"그나저나 장 박사의 실종은 어떻게 조사를 하고 있습니까?"

"자택에서 다량의 피가 발견되었다는 점으로 보아 사살 후에 시신을 은폐시킨 것이 아닌가 추정하고 있습니다."

장수원과 장희원은 혈육으로 장희원이 장수원의 여동생이 된다.

집안의 금지옥엽이 사망했다는 소리를 이렇게 태연하게 할 수 있다니, 장수원의 심장은 가히 강철에 비할 정도였다.

물론 그 속이 멀쩡할 리야 없겠으나 적어도 겉으론 그런 티를 전혀 내지 않고 있었다.

"가장 큰 문제는 희원이가 사라지면서 우리 태하가 함께 사라졌다는 것이죠. 집안에 비명횡사는 한 명으로 족한데 한 가정이 통째로 사라졌으니……."

"지금 명화그룹도 제정신은 아니겠군요."

"아직까지 시신이 발견된 것은 아니라서 난리가 일어나진 않았습니다만, 조만간 우리 쪽에서도 한바탕 피바람을 일으키지 않을까 싶습니다."

지금으로부터 천 년 전에 페르시아에서 처음 생겨난 명교는 중국을 거쳐 한반도를 타고 일본으로 건너갔다.

　한반도의 성리학과 중국의 유교사상 덕분에 불을 숭상하고 자유주의를 표방하던 명교는 종교에 대한 제약이 없는 일본에서 자리를 잡게 되었다.

　무려 800년이 넘는 세월 동안 일본 지하에서 성행한 명교는 이제 명화방이라는 이름으로 다시 태어나 일본 최고의 무인 세력으로 자리매김하였다.

　비홍검술과 사성권으로 유명한 한국의 전통 무인 세력 사성회는 명화방과는 그 성향이 달라서 한동안은 견원지간으로 지내왔다.

　자유와 평등, 구속에서의 해방을 교리로 여기는 명화방은 여전히 유교적 사상이 남아 있는 사성회와는 정반대의 속성을 가지고 있었다.

　그러니 김명화와 장희원이 결혼에 성공한 것은 로미오와 줄리엣이 혼례 성사를 올린 것과 진배없는 일이었다.

　덕분에 사성회와 명화방이 벌이던 세력 다툼이 종식되고 두 그룹 사이에 평화가 찾아왔으니, 김명화 부부의 존재는 화합을 상징한다고 볼 수 있었다.

　하지만 지금과 같은 상황에서 두 부부가 실종되고 태하마저 행방이 묘연해지면 무슨 일이 벌어질지 아무도 장담하기 힘들어진다.

"김명화 이사가 차기 회장으로 추대되고 있었다는 소식은 들었습니다. 혹시 내부의 원한 관계는······."

"그럴 리는 없습니다. 검을 든 선비들이 형제를 모반하여 죽이는 일이 벌어질 리가 없지요."

"으음, 저희들은 지금 내부에서의 소행에 대해 조사 중에 있습니다."

"명화방도 교단 내에서의 형제애가 남다른 집단으로 알고 있습니다만?"

"그래도 만에 하나라는 것이 있으니까요."

"그렇군요."

장수원은 또 다른 경우의 수에 대해 설명했다.

"김명화 이사가 무너진 개방의 우두머리와 절친한 사이였다는 소리를 들은 적이 있습니다. 혹시 그와 관련된 것은 아닐까요?"

"흠, 일리가 있습니다. 아직도 그들이 가지고 있던 던전을 차지하기 위한 싸움이 끊이지 않고 있으니 말이죠."

"만약 던전의 이권 때문에 개방의 씨를 말리려 했다면 김명화 이사가 사망하는 것도 무리는 아니겠지요."

"그는 강직한 사람이라 방주와 타구봉의 행방을 절대로 발설하지 않았을 테니까요."

"맞습니다. 더군다나 그 언젠가는 개방이 부활해야 한다고 주장하던 그에게 적이 한둘은 아니었을 겁니다."

"흠, 답답한 상황이군요."

구회성은 한국 경찰에게서 받은 부검 자료를 장수원에게 건넸다.

"죽음의 배후에 누가 있든 간에 김명화 이사가 사망한 것은 독 때문입니다."

"…독?"

"일종의 신경독인데, 주로 절지류가 품고 있답니다."

"절지류의 신경독을 사용할 수 있는 사람들이라……."

장수원은 중국의 흑사회 거두 당문을 지목했다.

"당가라면 충분히 그럴 수 있겠다 싶군요."

"그래요. 제 생각도 그렇습니다. 그러니 앞뒤 다 따지는 것도 중요하지만 중국 뒷골목부터 족치고 다니는 것이 옳다고 봅니다."

"하지만 무당이나 화산그룹 등이 가만히 있을까요?"

"별수 없지요. 그들과 마찰이 일어나는 것이 어제오늘의 일은 아니니까요."

무당산 전체를 그룹의 사유지로 삼고 제자를 키우는 무당파와 화산을 시작으로 중국 허베이를 아우르는 화산파는 중국 최강의 무인 집단으로 일컬어진다.

이들은 중화사상이 무척이나 강해서 자신보다 많은 던전을 보유한 명화방과 사성회를 곱지 않은 시선으로 보고 있었다.

지금까지 직접적인 무력 충돌이 일어난 적은 없지만 사사건 건 시비를 걸어 불화를 조장하는 그들은 무인계의 트러블메이커라 할 만했다.

"그나마 아미파와 화랑회가 우리와 친분이 있으니 일이 조금은 수월할 것 같기도 합니다."

"그럼 당장 고수들을 파견하시지요. 저희가 돕겠습니다."

"안 그래도 그럴 생각입니다."

장수원은 중국 흑사회로 파견될 고수들의 명단에 자신도 포함시키기로 했다.

"제가 직접 가겠습니다."

"부회장님이 직접이요?"

"그편이 마음이 편할 것 같습니다."

"뭐, 그럽시다. 우리 입장에서야 부회장님이 직접 나서주신 다면야 환영이지요."

"우리 집안일이기도 한데 제가 나서지 않는 것도 말이 안 되지요."

"그건 그렇군요."

두 사람은 다시 자리에서 일어나 악수를 나누었다.

"아무쪼록 우리 두 집안의 우정에 변함이 없었으면 합니다."

"저 역시."

과연 앞으로 두 사람의 운명이 어떻게 될지는 하늘만이 알고 있을 것이다.

*   *   *

찌는 듯한 불볕이 내리쬐는 바닷가.

쏴아, 쏴아!

뜨뜻미지근한 바닷가의 물살이 태하의 얼굴을 처덕처덕 때리고 있다.

"으음……."

깨질 듯한 두통에 시달리며 눈을 뜬 태하는 흔들리는 시선을 애써 다잡았다.

삐이—

귀에서 마치 무쇠 판을 손톱으로 마구 긁는 이명이 들려오는 것으로 보아 뇌에 큰 충격을 받았거나 고막이 크게 상한 것 같았다.

"…제기랄."

도대체 얼마나 큰 충격을 받았으면 몸을 움직일 수조차 없는 것인지 가늠할 수도 없었다.

그는 한동안 그렇게 파도에 몸을 맡겼다.

철퍽, 철퍽!

가까스로 살아남은 태하의 주변에는 배의 파편이 떠다니고 있었다.

고개를 돌려 옆을 바라보니 태하를 가두었던 쇠창살과 선실 바닥의 플라스틱 조각 등이 해안가로 떠밀려 와 있었다.

"뭐가 어떻게 된 거지? 난파되어 인근 섬으로 떠밀려 온 것인가?"

만약 항로 근처에 있는 무인도라면 구조를 기대해 볼 수도 있을 것 같았다.

잠시 후, 가까스로 몸을 수습한 태하는 자리에서 일어섰다.

뚜두둑!

"으으으윽!"

하지만 오른쪽 다리와 왼쪽 팔에 골절이 있어서 몸을 운신하기가 쉽지 않았다.

천우신조로 간신히 목숨만 건졌을 뿐 상태가 그리 좋아 보이지 않았다.

태하는 더듬거리며 골절이 된 부분을 만져보았다.

"산산조각이 난 것은 아닌 것 같네."

그나마 지금 당장 뼈를 맞춘다면 금방 아물 수 있을 정도로 부러져 있어 부목을 대고 몇 주일 운신하면 걸어 다니는 데 지장은 없을 것 같았다.

그러나 문제는 그 몇 주일을 버틸 수 있는 재간이 태하에게 있느냐 하는 것이다.

"답답하군."

바닷가에 누워 간신히 몸을 추스르고 있을 무렵, 저 멀리 빨간색 박스가 보였다.

태하는 그것이 구급상자라는 것을 어렵지 않게 알 수 있었다.

"오오!"

이 넓은 바다에서 구급상자라도 없다면 살아남기가 쉽지 않을 것이다.

물길을 따라서 배영으로 헤엄쳐 상자가 있는 곳까지 간 태하는 구급상자를 잡아 그 안을 확인해 보았다.

"메스, 수술용 실, 바늘, 가위, 거즈가 전부군. 그래, 이게 어디야. 응급 상황에선 꽤나 요긴하게 쓰이겠군."

태하가 상자를 챙겨 물 밖으로 나오려는데, 그의 앞으로 흰 배를 까뒤집은 새끼 범고래 한 마리가 물 위로 둥둥 떠올랐다.

―꾸욱, 꾸욱.

"어라? 범고래?"

태하가 의예과에 다니던 시절에 만난 여자 친구가 일본에서 한국으로 건너온 수의과 교환학생이었다.

덕분에 동물에 대한 지식을 약간은 지니게 된 태하이다.

"으음……."

이 범고래엔 약간 특이한 점이 있었으니, 몸통 중간중간에 금색 줄무늬가 끼어 있다는 것이다.

"금색 고래도 있나? 특이하긴 하군."

태하는 범고래의 배를 살살 눌러보았다.

그가 보기에 이 녀석은 식중독에 걸렸거나 내장에 출혈이 일어나고 있는 것 같았다.

빵빵하게 부풀어 오른 녀석의 배는 언뜻 보기에도 상태가 썩 좋아 보이지 않았다.

태하는 낑낑거리는 새끼 범고래를 물가로 끌어내 배에 귀를 가져다 대어보았다.

꾸르르륵, 꾸르르륵.

청진을 해보니 위장에서 이명이 들려오고 있다.

"뭘 잘못 먹었나?"

혹시나 하는 마음에 입을 벌려보니 배에서 떨어져 나온 것으로 보이는 말뚝과 로프가 어금니에 끼어 있었다.

태하가 로프를 잡아당겨 보니 녀석이 엄청나게 괴로워하였다.

―끼이이잉!

"이런, 지금 당장 수술하지 않으면 위험하겠는데?"

로프가 말려들어 간 곳을 따라서 손을 대어보니 그 끝이 위에 걸려 있다는 것을 어렵지 않게 알 수 있었다.

생명을 구하는 의사로서 놈을 그냥 지나치기 힘들었지만 지금 당장 수술을 하자면 마취제부터 항생제까지 필요한 것이 한두 가지가 아니었다.

더군다나 가장 중요한 것은 태하가 수의학적 지식이 부족해서 무턱대고 개복했다간 돌이킬 수 없는 상황이 올지도 몰랐다.

"흠, 어쩌면 좋담?"

지금까지 의사로서 결단을 해야 할 때가 많았지만 지금 이 상황은 도무지 확신이 서지 않았다.

하지만 그는 하늘이 자신을 살렸다는 생각에 이 범고래를 살려주기로 했다.

"그래, 내가 살아난 것도 천우신조이니 너도 뜻이 닿는다면 살 수 있겠지. 한번 해보자."

—꾸우우우.

태하는 절뚝거리는 발로 놈의 꼬리를 잡아 연안에서 숲이 가장 가까운 곳으로 향했다.

*   *   *

오후의 뜨거운 햇빛이 점점 사그라지고 일몰이 밀려들고 있다.

태하는 오늘 아침부터 숲을 뒤져서 찾아낸 나뭇조각과 줄기로 부목을 만들어 자신의 팔과 다리를 고정하였다.

그는 연안에서 가까운 곳에 있는 평평한 바위에 야자수로 그늘을 만들고 불을 피워 수술실을 차렸다.

일단 메스와 가위는 준비가 되었으니 개복을 하는 것 자체는 큰 문제가 없었다.

다만 놈이 개복했을 때 과연 가만히 있을 수 있는지가 관건이다.

그는 새끼고래의 눈을 천으로 가리고 자신의 발에 넘실넘실 닿는 바닷물을 퍼 날라 고래가 말라 죽지 않도록 했다.

"후우, 이제 시작이다. 정말 해보는 거야."

―꾸우…….

슬슬 놈의 신음에 힘이 사라진다 싶을 때쯤, 태하가 메스를 잡았다.

"엄청나게 아플 거야. 하지만 참아야 살 수 있다. 기절하고 싶으면 그냥 기절해도 좋아."

―꾸우우…….

태하는 심기일전하는 마음으로 수술을 시작하였다.

"수술, 시작합니다!"

그는 평소의 습관대로 절차를 밟아가며 수술을 집도하였다.

스으윽.

놈의 환부에 대고 깊이 메스를 찔러 넣으니 피가 한 움큼 쏟아져 나왔다.

주르르르륵!

이제부터는 태하의 손이 얼마나 빠른지에 따라서 놈이 살 수 있을지 없을지가 결정된다.

그는 아주 어린 시절에 아버지로부터 배운 응급 지혈법을 시행하였다.

툭툭!

심장에서부터 온몸으로 퍼져 나가는 혈도를 잘 이용하면 사람을 잠에 빠져들게 할 수도 있고 마비를 일으킬 수도 있다.

태하는 아버지에게서 일시적으로 피를 멎게 하는 점혈법을 배웠는데, 이것이 과연 고래에게도 해당이 될지는 미지수였다.

뚜둑!

그는 심장 부근으로 흐르는 혈 네 개를 점혈하였는데 운이 좋게도 고래의 피가 멎었다.

"돼, 됐다!"

진화론에 의하면 고래와 코끼리는 먼 친척이고 포유류는 그 갈래가 같다고 하였으니 어쩌면 혈 자리를 이용하는 방법은 처음부터 신의 한 수였는지도 모른다.

태하는 최대한 개복 상태를 짧게 유지하기 위해서 신속하게 위장을 갈라냈다.

스스스슥.

범고래의 위장을 갈라보니 아직 소화가 되지 않은 물고기 몇 마리와 함께 뾰족한 송곳이 줄에 감긴 채로 꽂혀 있다.

태하는 송곳을 제거하고 주둥이를 통하여 천천히 로프를 빼냈다.

그는 위장 내부의 출혈이 생긴 곳을 봉합하고 난 후 재빨리 겉면을 다시 봉합하여 열린 배를 닫았다.

슥슥슥, 꾸우욱!

"휴우, 다 되었다!"

경과 시간은 대략 15분 남짓, 일단 수술은 성공적으로 끝났지만 과연 감염에서 놈이 살아남을지는 미지수였다.

태하는 점혈한 혈도를 다시 풀어주었고, 아주 약간의 출혈이 놈의 입을 통하여 흘러나왔다.

―캑캑!

"괜찮아. 진정해."

―헥헥, 헥헥.

맥박이 원래 얼마나 빨리 뛰는지는 알 수 없지만 아까보다 안정적으로 뛰고 있었다.

"흠, 이제 모든 것은 하늘에 맡기는 수밖에."

태하는 놈을 다시 바닷물에 담그고 몸이 마르지 않도록 간호해 주었다.

＊　　　＊　　　＊

다음 날, 깜빡 잠에 빠져들었던 태하는 자신의 앞에 있던 고래가 사라진 것을 알 수 있었다.

"으음? 벌써 정신을 차린 것인가?"

자리에서 일어선 태하는 주변을 둘러보았다.

―꾸우우우욱!

"어라? 저기 있네?!"

연안에서 미역을 뜯어 먹고 있던 범고래가 태하를 바라보며 물장구를 쳤다.

촤락!

"놈, 벌써 기력을 회복한 거야? 경과가 좋아도 너무 좋은데?"

잠시 후, 태하의 배꼽시계가 울린다.

꼬르르륵!

"으윽, 배고파."

어제부터 아무것도 먹지 못한 태하는 금방이라도 쓰러질

것 같은 기분이 들었다.

놈은 자신이 뜯어 먹던 미역을 한 움큼 뜯어다 태하에게 건네주었다.

―꾸우, 꾸우!

"뭐? 이걸 먹으라고?"

―꾸우!

"…생미역을 어떻게 먹어?"

―참참! 쩝쩝쩝!

보란 듯이 미역을 먹어치우는 범고래를 보고 있자니 없던 식욕이 돋는 태하였다.

"젠장, 살다 보니 별의별 것을 다 먹어보네."

녀석을 따라서 미역을 씹어보니 제법 맛이 좋았다.

"으, 으음? 꽤 먹을 만한데?"

―꾸우, 꾸우!

"자식, 제법이군."

한반도에서 산모에게 미역을 먹인 것은 고래가 새끼를 낳고 미역을 먹는 습성을 따라 했다는 설이 있다.

아마 이놈이 하는 짓을 보니 아주 틀린 말은 아닌 것 같았다.

미역을 무려 열 줄기나 먹어치운 태하는 그 자리에 벌러덩 누워버렸다.

"꺼어억! 배부르다! 이제 좀 살 것 같네!"

바다에서 갓 딴 신선한 미역을 마음껏 먹은 태하였지만 아직 염분이 없는 깨끗한 물을 마신 기억이 없었다.

"…짠 것을 먹었더니 물이 막 당기는군."

─꾸우?

"물 말이야, 맑은 물."

녀석은 태하의 말을 알아들었는지 그의 발을 이빨로 물어 바다로 이끌었다.

─꾸우, 꾸우!

"왜, 왜 이래? 이제 막 바다에서 나왔는데 또 바다로 들어가라고? 난 못 가!"

─꾸우!

잠시 후, 놈은 태하를 두고 바다로 나갔다.

쏴아!

"이, 이봐! 어디로 가는 거야?!"

어찌나 속도가 빠르면 놈의 지느러미에 물보라가 생길 정도였다.

"기운이 넘치는군."

이윽고 5분쯤 지났을 무렵 다시 놈이 돌아왔다.

범고래는 태하의 얼굴에 물을 찍 뿌렸다.

찌이이익!

"으으윽! 뭐 하는 거야?!"

대략 10초쯤 물총을 맞다 보니 태하는 뭔가 느끼는 것이 있었다.

"으음? 맑은 물?!"

―꾸우!

태하는 놈이 이끄는 대로 당장 물속으로 들어갔다.

"어푸!"

범고래는 태하에게 자신의 지느러미를 내어주었고, 그는 고래의 등에 올라탄 채 섬에서 그리 멀지 않은 동굴로 갈 수 있었다.

솨아아아아!

불과 300미터도 안 되는 거리에 위치한 동굴 안은 작은 연못과 사람이 쉴 만한 반석이 있었다.

"우와, 이게 다 뭐야?!"

휘이이이잉!

찌는 듯한 더위를 식혀줄 바람까지 불어오는 이곳이야말로 천국이라 할 만했다.

태하는 당장 연못으로 달려가 벌컥벌컥 물을 들이켜기 시작했다.

꿀꺽, 꿀꺽!

"크하, 좋다!"

─꾸우, 꾸우!

"자식, 내가 목숨을 살려주었다고 보은을 하는 것이냐?"

─꾸우!

"그래, 네가 사람보다 낫구나."

─꾸우?

"말을 알아듣는 거야, 못 알아듣는 거야?"

아까는 척척 알아서 다 챙겨주더니 대화를 해보니 말을 다 알아듣는 것은 아닌 모양이다.

이제 배도 채웠겠다, 물도 마셨겠다, 슬슬 잠이 쏟아져 오는 태하이다.

"흠냐, 이제 졸리네. 난 이만 잘 테니 나중에 인연이 닿는다면 또 만나자."

─꾸우!

"잘 가라!"

태하가 잠에 빠져들자 녀석은 동굴을 떠났다.

*　　　*　　　*

도대체 얼마나 잔 것일까?

태하는 늘어지게 한숨 자고 일어나 기지개를 켰다.

"으윽, 잘 잤다!"

잠에서 깨어나 보니 부러진 다리가 어느새 멀쩡해져 있었다.

"어라? 이게 어떻게 된 거야?"

잠시 후 태하는 자신의 곁에서 뭔가가 마구 파닥거린다는 것을 알 수 있었다.

푸드드드드득!

"으음? 웬 물고기?"

태하는 횡재했다는 생각에 동굴에 불을 피우고 메스로 물고기의 배를 갈라 내장을 빼냈다.

그는 물고기 배에 꽉 찬 알을 바라보며 웃었다.

"이야, 알이 실하네!"

물고기 알은 담백하고 감칠맛이 좋아서 구이를 해먹으면 썩 괜찮은 풍미를 낼 것이다.

슥슥!

태하가 내장의 일부분을 제거하고 알을 떼어내려는데 그 모습이 좀 특이하게 생겼다.

"딱딱하네? 원래 고니가 이렇게 딱딱한 것이었나?"

알탕의 고니를 생각하며 알을 떼어냈지만 색이 파랗고 윤기가 좔좔 흘러 조금 거북함이 느껴졌다.

하지만 그는 대수롭지 않게 넘겼다.

"배가 고파 죽겠는데 생긴 것이 뭐 그리 중요하겠어? 오히려 푸른 빛깔이 도니 상큼할 것 같기도 하고."

그는 몸통과 알을 함께 구웠다.

화르르륵!

"킁킁, 냄새 좋고!"

바다에서 갓 잡은 물고기는 손질을 많이 할 필요 없이 그대
로 구워먹어도 아주 제대로 된 맛이 난다.

태하는 자신의 팔뚝만 한 물고기 네 마리를 앉은 자리에서
모두 다 먹어치웠다.

"우걱우걱!"

그가 식사를 끝낼 때쯤, 동굴 앞으로 범고래 한 마리가 다
가왔다.

―꾸우, 꾸우!

"어라? 넌 어제 그 녀석?"

―꾸우!

아무래도 이 물고기들은 녀석이 태하가 자는 동안 사냥을
해다 놓은 것으로 보였다.

태하는 자신도 모르게 피식 실소를 흘렸다.

"은혜를 갚은 고래라… 정말 사람보다 낫군."

놈은 태하에게 거대한 미역 한 줄기를 건넸다.

투욱!

"뭐야? 배가 부른데 이걸 또 먹으라고?"

—꾸우!

태하는 그것을 통째로 씹어먹었다.

우두두둑!

미역은 철분과 미네랄이 다량 함유되어 있어서 다친 태하의 몸이 회복되는 데 큰 도움을 줄 것이다.

녀석이 준 미역을 다 먹은 태하는 가만히 생각에 잠겼다.

"저 어린 녀석이 도대체 뭘 알고 나를 이렇게 돌보아주는 것일까? 신기할 따름이군."

동물이나 사람이나 나이가 많은 어른이 아이를 가르쳐 어른이 될 때쯤에야 세상을 살아가는 법을 거의 깨우친다.

사람으로 따진다면 이제 막 청소년에 접어든 저 녀석이 어떻게 이렇게 많은 지식을 가졌는지 의문이 드는 태하이다.

일이야 어찌 되었든 태하는 놈의 목숨을 살려주었고 놈은 태하를 돌보아주니 한 수씩 주고받은 것이라 하겠다.

"아무튼 고맙다. 네 덕분에 구차한 이 생명을 구했어."

—꾸우, 꾸우!

구사일생으로 목숨을 건지고 배까지 채우고 보니 돌아가신 부모님 생각이 났다.

태하는 금세 의기소침해졌다.

"후우, 그나저나 나 혼자 살아봐야 무엇 하나. 내 눈 앞에서 어머니가 바다에 수장되었는데."

—……

"어이, 꼬맹이. 넌 부모님도 없어? 범고래는 무리 생활을 한 다던데."

—꾸우!

어디를 가지도 않고 태하의 곁을 맴도는 것을 보면 어미가 죽었을 수도 있겠다 싶은 태하이다.

그는 새끼고래의 이마를 쓰다듬어 주었다.

"그래, 너나 나나 고아인 것은 마찬가지구나."

가만히 태하를 바라보던 고래가 다시 어디론가 떠났다.

촤락!

"가는 건가?"

그는 멀어지는 고래를 바라보다가 또다시 잠에 빠져들었다.

＊   ＊   ＊

다음 날, 태하는 아주 말끔한 기분에 눈을 떴다.

"하암! 아이고, 아주 푹 자고 일어났네! 도대체 몇 년 만에 늦잠이야?"

휴일도 없이 15년 동안 일한 태하에게 이런 꿈 같은 휴식이 과연 얼마만인지 기억도 나지 않는다.

태하는 오늘도 역시 자신의 곁에서 파닥거리고 있는 물고기를 발견했다.

그는 자신의 앞을 지키고 있는 고래에게 인사했다.

"고맙다. 잘 먹을게."

꾸우!

마파람에 게 눈 감추듯 물고기를 먹어치우고 나니 힘이 넘쳐나 좀이 다 쑤시는 태하이다.

"오랜만에 자리에서 좀 일어나 볼까?"

손으로 바닥을 짚고 자리에서 일어선 태하는 자신의 팔과 다리가 벌써 다 아물었다는 것을 알 수 있었다.

"어, 어라? 멀쩡하네?"

꾸우!

놈은 혈기 왕성한 태하에게 물총을 찍 뿌렸다.

찌이이익!

"어푸, 이놈! 나에게 장난을 거는 것이구나! 오냐, 한번 받아 주도록 하지!"

꾸우우우!

고래가 있는 곳까지 단숨에 달려간 태하는 자신의 몸이 평소와는 다르게 깃털처럼 가볍다는 것을 느꼈다.

바로 그때, 그의 발이 점점 빨라지며 허공을 답보하기 시작했다.

파바바바밧!

"허어억!"

바람을 가르며 달리던 태하의 몸이 어느새 동굴을 빠져나와 고래보다 빠르게 물 위를 스치고 지나갔다.

촤라라라락!

그는 자신이 전력 질주를 하고 있음에도 불구하고 스스로 물 위를 걷는다는 사실을 믿을 수가 없었다.

"우와하하! 이게 다 뭐야?! 도시의 무인들보다 더 빠르게 날아다니고 있잖아?!"

어려서부터 아버지의 초상비를 보고 자란 태하는 사람이 하늘을 날아다니는 것이 가능하다는 것을 알고 있었다. 하지만 무공의 무 자도 모르는 그가 초상비를 전개할 수 있을지는 상상조차 하지 못했다.

신나는 마음에 물 위를 내달리던 태하는 하늘에서부터 내려온 한 줄기 빛을 바라보았다.

스르르르릉!

그 빛이 얼마나 아름답던지 넋을 놓고 바라보던 태하는 빛을 따라서 달렸다.

그렇게 얼마나 달렸을까?

그의 앞에 아까의 동굴과는 전혀 다른 광경의 섬이 모습을 드러냈다.

"초가집? 이런 곳에 집이 있다니, 무인도가 아니었던가?!"

초라한 집이긴 해도 이런 무인도에 하늘을 가려줄 지붕이 있는 초가삼간 한 채가 있다는 것이 어디인가?

태하는 기쁜 마음에 초가집의 문을 두드렸다.

똑똑!

"계십니까?!"

"…왔군."

잠시 후, 초가집의 문이 열리며 네 가지 색의 머리카락을 가진 청년이 모습을 드러냈다.

태하는 그의 얼굴에서 은은한 광채가 난다고 생각했다.

'사, 사람이 아닌가?'

그런 태하의 생각을 어찌 알았는지 청년은 태하에게 자신을 소개했다.

"그래, 자네의 생각대로 난 사람이 아닐세. 흔히 신선이라고 부르는 존재지."

"시, 신선이요?"

"저네, 얼마 전에 나의 시종인 청림을 살려주었더군. 맞나?"

"청림이라니요?"

"작은 고래 말일세."

"아아, 새끼 범고래를 말씀하시는 겁니까?"

"그래. 보기에 따라선 범고래 새끼로 보일 수도 있겠지. 하지만 그녀는 바다 현무왕의 딸이자 나의 시종일세."

태하는 그가 미쳤다고 생각했다.

'머리가 살짝 어떻게……'

"된 것 아니냐고?"

"허, 허억! 어, 어떻게 그것을?!"

"말했잖나. 나는 신선이라고."

"……"

"그래, 내 말을 믿기 힘들 테지. 인간이란 통념에 갇힌 생각을 하게 마련이니까."

그는 태하에게 따라오라는 손짓을 했다.

"이것도 인연인데 자네에게 내 소개를 제대로 해주고 싶군. 이리로 오게나."

태하는 신선이라고 주장하는 사내를 따라 초가집을 나섰다.

제3장

유배?

선명이라는 이름의 신선이 태하에게 해준 얘기는 놀라움 그 자체였다.

이곳 신선도는 선계와 현세의 중간 지점인데, 500년에 한 번씩 신선이 내려와 한 달 동안 기거하다 다시 우화등선하는 쉼터와 같은 곳이었다.

밀물과 썰물이 주기적으로 한 번씩 반복되는 이곳은 보통의 인간은 결코 발을 들일 수 없게 되어 있었다.

"인간이 이곳에 발을 들인 것은 처음이라네."

"혹시 제가 죽은 것은 아닐까요?"

"그런 것은 아닐세. 세상은 생각보다 더 복잡한 곳이라네. 우리가 모르는 뭔가가 있는 것이 분명해."

"흐음."

"아무튼 이것도 인연인데 썰물이 올 때까지 푹 쉬다가 가게나."

"감사합니다."

선명은 태하에게 초가삼간에서 머물 수 있도록 배려해 주었다.

"청림을 구해주었으니 내가 자네에게 선물을 하나 해주어야겠어. 이 초가집을 사용하게나."

"하늘을 가릴 수 있는 지붕이 있다니 감사합니다."

"그리 감사할 것은 없어. 아무리 세상인심이 박하다고 해도 초가삼한 하나 내어주지 못할까? 더군다나 썰물이 올 때까지 기거해야 할 텐데 말이야."

"썰물이 언제쯤 오는데 그러십니까?"

선명은 대수롭지 않게 말했다.

"10년?"

"…뭐라고요?"

"10년이라고 했네. 10년 주기로 밀물과 썰물이 반복되는 것이지."

"그, 그렇다면 이곳에 10년이나 갇혀 있어야 한단 말입니까?!"

"하지만 걱정할 필요 없어. 이곳에서는 속세의 영향을 받지 않는다네. 그러니 시간을 손해 봐봤자 길어야 한 달쯤 될 테지."

아무리 그래도 태하는 이런 적막한 무인도에서 10년이나 살 생각을 하니 까마득해졌다.

"뭔가 다른 방법은 없을까요?"

"없어."

"그렇다면 저를 선계로……."

"불가능하다네. 자네, 육신의 그릇을 벗고 영체가 되고 싶나?"

"아니요."

"그렇다면 10년 동안 인내하면서 잘 살아보게나."

"……."

태하는 기가 막혀 아무런 말도 할 수 없었다.

그저 다 죽어가는 고래 한 마리 살려준 것뿐인데 뭐 그리 큰 잘못을 했다고 10년이나 섬에 갇혀 있어야 한단 말인가?

선명은 반쯤 넋이 나간 태하를 타이르듯 말했다.

"이 세상에 거저 얻을 수 있는 것은 없어. 자네가 물에 빠져 죽을 뻔한 것을 생각해 보게. 목숨을 건진 값으로 10년이면 썩 괜찮은 조건 아닌가?"

"뭐, 그건 그렇지만……."

그는 태하에게 이곳에서 지내는 데 적적하지 않도록 몇 가지 안배를 해주었다.

"사람은 글을 읽어야 해. 심신을 단련할 수 있는 책과 살아가는 데 도움이 되는 책을 몇 권 주고 가겠네. 아마 10년이면 절반은 터득할 수 있지 않을까 하네."

태하가 그에게서 받은 책은 총 세 권이었는데, 그 두께는 거의 백과사전과 맞먹었다.

그러나 권수가 그리 많지 않아 아무리 오래 잡아도 한 달이면 책을 다 볼 수 있을 터였다.

이걸 무슨 10년에 걸쳐서 읽을까 싶었으나 단 세 권이라도 없는 것보다는 나을 것이다.

"이곳에서 물고기도 잡아먹고 농사도 짓고 하게나. 생각보다 자연이 주는 수확을 얻는 기쁨이 크다네."

"예, 알겠습니다."

"농기구는 창고에 있네. 씨를 뿌리는 방법은 책에 나와 있어."

"감사합니다."

선명은 태하에게 작별을 고했다.

"아무튼 나는 이만 가보겠네. 이미 시일이 많이 지체되어서 말이지."

"살펴 가십시오."

잠시 후, 하늘에서 밝은 빛줄기가 내려왔다.

지이이이잉!

선명과 청림은 빛줄기를 타고 하늘 높이 올라가기 시작했다.

―꾸우!

"잘 있게나!"

태하는 사라지는 그들에게 손을 흔들어주었다. 그리고 대략 5초 후엔 그들의 모습을 볼 수 없었다.

팟!

이제 정말 홀로 남은 태하는 막막한 심정으로 초가집으로 향했다.

"그래, 똥밭에서 굴러도 이승이 낫다잖아?"

태어나 처음으로 무인도 생활을 하게 생긴 태하이다.

*　　　　　*　　　　　*

태하는 신선도에 홀로 남게 된 첫날부터 삼 일간 부모님의 장례식을 치렀다.

"…부디 좋은 곳으로 가세요. 이 못난 아들이 해드릴 수 있는 것이 아무것도 없습니다."

그는 아버지와 어머니의 위패를 모셔놓고 그 앞에 무릎을

꿇고 앉아 죄인처럼 석고대죄를 하였다.

그는 주먹을 꽉 움켜쥐었다.

"그렇지만 반드시 복수할 것입니다! 우리 가족을 이렇게 만든 놈들, 제가 반드시 잡아서 피죽을 만들겠습니다!"

그는 굳이 어머니의 마지막 모습을 잊으려 하지 않았다.

오히려 그 모습을 더욱 생생히 기억하여 복수의 칼날을 더 날카롭게 벼려야겠다고 생각했다.

태하는 삼 일 동안 먹지도 자지도 않고 꼬박 장례를 치렀다.

장례를 마친 태하는 쉬지 않고 곧바로 10년간 이곳에서 살아갈 궁리를 했다.

무엇을 하든 10년 동안 쉬지 않고 일을 해야 불효를 조금이라도 지울 수 있다고 생각한 것이다.

초가삼간에는 한 개의 방과 주방, 창고가 있었다.

방에는 아주 푹신한 금침이 놓여 있고 주방에는 밥을 해먹을 수 있는 아궁이와 식기들이 놓여 있었다.

농기구와 마른 씨앗이 포대째 쌓여 있는 창고에는 장작을 쌓을 수 있는 칸이 따로 마련되어 있었다.

태하는 이른 아침부터 일어나 섬을 한 바퀴 돌아보았다.

섬에는 500평의 논과 밭이 있었고, 나무가 잘 자랄 수 있는 비탈진 산지가 넓게 분포해 있었다.

초가집 뒤로는 우물가로 이어지는 오솔길이 나 있고, 그곳에서 낚싯대를 드리우면 물고기를 꽤 낚을 수 있을 듯했다.

태하는 일단 먹을거리를 확보하기 위해 우물가로 향했다.

쏴아, 쏴아!

파도가 조금 높기는 했지만 그물을 쳐놓으면 물고기가 몇 마리쯤 잡히지 않을까 싶었다.

그는 창고에 있던 어망을 바닷가에 설치했다.

"잡힐까?"

며칠쯤 굶는다고 죽지는 않겠지만 시행착오가 계속되면 곤란하니 최대한 빨리 물고기 잡는 법을 익히는 것이 중요했다.

일단 하루를 버리는 셈 치고 초가집으로 돌아온 태하는 오늘 쓸 장작을 패기 시작했다.

빠각, 빠각!

뒷마당에는 죽은 나무가 꽤 많아서 그것을 잘라서 쌓아두면 며칠은 끄떡없을 것이다.

사나흘 버틸 장작을 패는 데 걸린 시간은 불과 5분, 태하는 평소와는 다르게 힘이 넘쳐났다.

"체력이 좋아졌군. 공기 좋은 곳에서 지내기 때문에 그런가?"

이유는 알 수 없지만 아무리 일을 해도 지치지 않는 태하이다.

일을 아무리 해도 지치지 않으니 오히려 시간이 평소보다 더 빨리 지나가 버렸다.

어느새 해가 뉘엿뉘엿 저물어 밤이 찾아왔다.

오늘 밭을 갈고 씨를 뿌리려 한 태하는 손에서 일을 놓았다.

하지만 밤이 되어도 딱히 잠이 오지 않았다.

그는 자리에 누워 책을 펼쳤다.

"그래, 책이라도 읽자."

태하는 선명이 남기고 간 책을 살펴보았다.

가장 먼저 눈에 들어온 것은 무공 서적이다.

사신무

청명심법

모든 언어가 한문으로 되어 있긴 해도 책을 읽는 데 그리 어려움은 따르지 않았다.

사성회의 자제들은 천자문은 물론이고 사서삼경과 주역, 논어 등 고대 학문을 필수적으로 접하기 때문에 태하는 어느 정도 한문에 능통했다.

"사신무라……."

사신무의 무공서를 펼쳐보니 총 네 개의 구절과 40개의 초식이 차례대로 나열되어 있었다.

각 구절은 백호, 청룡, 주작, 현무를 형상화시켜 놓은 것으로 보였고, 40개의 초식은 각 구절대로 열 개씩 나누어 기술되어 있었다.

이 책은 조금 특이한 점이 있었다.

무공서에 나온 동작이 40개밖에 되지 않는데 책의 두께가 거의 백과사전을 방불케 했다.

한 동작을 무려 수십 장에 걸쳐서 아주 자세히 설명하고 있었는데, 태하는 과연 이것이 무슨 소용인가 싶었다.

"아니, 이렇게 단순한 동작도 못하면서 어떻게 사람이라 할 수 있겠어?"

그는 단순한 초식들 중에서 하나를 골라서 전개하여 보았다.

"백호금낙쇄라……."

백호금낙쇄의 초식은 아주 단순했다.

기마 자세에서 왼손과 오른손을 위로 들어 올려 몇 바퀴 교차시킨 후 공중으로 튀어 올랐다 내려오는 것이었다.

이 초식에서 가장 어려운 부분이 있다면 마치 개구리처럼 앞으로 튀어 나가면서 권을 치는 정도였다.

"후우!"

책에 나와 있는 대로 기마 자세를 하고 왼손과 오른손을 교차시킨 태하는 단숨에 공중으로 높이 뛰어올랐다.

파밧!

몸을 체공시킨 상태에서 체중을 앞으로 실어서 권을 치니 제법 그럴싸한 초식이 완성되었다.

"으음? 별것 아닌데?"

그 밖에 다른 초식들의 전개 방식을 눈에 담아둔 태하는 청명심법으로 넘어갔다.

청명심법은 사신무보다 훨씬 더 간단했다.

"가슴으로 호흡을 들이마시고 머리로 내뱉는다. 설마 이게 끝?"

가슴에서부터 머리까지 호흡이 올라가는 데 필요한 혈자리들이 그림으로 표시되어 있었지만, 호흡의 방식이 조금 남달라서 그렇지 과정은 복잡하지 않았다.

그는 이것들이 정말 무공 서적이 맞나 싶었다.

"사이비 무공 서적인가?"

태하는 당장 무공 서적들을 덮어버렸다.

"…이걸 어떻게 10년 동안 읽으라는 거지? 나중에 불쏘시개로 써야겠어."

아무렇게나 책을 방구석에 던져놓은 태하는 그다음 책을 펼쳤다.

인령진

"이건 또 뭐지?"

책에는 다른 설명은 따로 나와 있지 않고 글자들이 원형을 이루고 있었다.

각자 다른 글자들이 자리를 잡고 있긴 했지만 같은 크기의 원이라는 것은 달라지지 않았다.

태하가 처음부터 끝까지 책자를 넘겼을 때, 갑자기 책장이 하나씩 떨어져 나와 하늘을 수놓기 시작했다.

촤라라라락!

"허, 허억!"

하나씩 떨어져 나온 책장은 이내 태하와 비슷한 크기의 종이 인형으로 변해갔다.

뚜둑!

사람의 관절과 같은 구조로 만들어진 종이 인형은 어떠한 자극을 기다리는 듯 마네킹처럼 딱딱한 자세로 서 있었다.

태하는 자신도 모르게 종이 인형을 손가락으로 살짝 만져 보았다.

"신기하게 생겼네."

그의 손이 닿자마자 인형의 눈에서 푸른색 안광이 번쩍였다.

스스스스스!

그의 손짓 한 번에 생명이라도 얻은 듯 종이 인형이 살아 움직이기 시작했다.

─쉭쉭!

종이 인형은 태하를 보자마자 다짜고짜 주먹부터 날렸다.

퍼억!

"크헉!"

종이로 만든 인형이 날린 펀치는 눈앞이 아찔할 정도로 매서웠다.

너무나 황당하고 어처구니가 없는 상황이다.

"이, 이게 뭐야?!"

태하를 한 대 후려친 종이 인형은 계속해서 그를 몰아붙이기 시작했다.

부웅!

퍽퍽퍽퍽!

"으허억!"

―쉭쉭, 쉭쉭!

주먹이 어찌나 빠르면 자신이 지금까지 얼마나 두들겨 맞았는지조차 가늠할 수 없는 태하이다.

그렇게 몇 대나 맞았을까?

종이 인형은 갑자기 자리에서 일어나 기마 자세를 하고 왼손과 오른손을 들어 올리고 교차하여 몇 바퀴를 돌렸다.

"백호금낙쇄? 이, 이런 빌어먹을!"

태하가 사이비 무공이라고 생각한 사신무의 초식은 생각보다 강력했다.

부웅, 콰앙!

아주 가볍게 뛰어올라 휘두른 권에 맞은 태하는 골이 흔들리고 정신이 몽롱해지는 것을 느꼈다.

"꼬르르르륵."

어처구니없게도 태하는 종이에게 얻어맞아 기절하고 말았다.

*　　　　*　　　　*

다음 날, 태하는 지끈거리는 머리를 부여잡고 자리에서 일어섰다.

"끄웅!"

그는 머리맡에 두었던 우물물을 단숨에 한 바가지나 들이켰다.

꿀꺽꿀꺽!

물을 다 마시고 나니 언제 머리가 아팠냐는 듯이 말끔해졌다.

"신기하군."

종이에게 얻어맞은 것에 자존심이 상하긴 했지만 10년간의 목표가 생긴 태하이다.

"무공을 익히자!"

만약 태하가 미리 무공을 익혔다면 최소한 어머니가 눈앞에서 당하는 그 광경을 바라만 보고 있지는 않았을 것이다.

스스로 강해질 수 있는 계기가 생겼다는 것은 태하의 심장을 두근거리게 만들기에 충분했다.

"어제 본 그 무학은 상당히 고강했다. 종이로 만든 인형이 저 정도 위력을 낼 수 있다면 인간은 그 몇 배의 위력을 낼 수 있을 거야."

태하는 자리에서 벌떡 일어나 자신이 어제 방구석으로 집어 던진 무공 서적을 다시 주워 들었다.

어제와는 다르게 몇 번이고 같은 구간을 반복해서 읽어나갔다.

한데 전혀 예상치 못한 일이 벌어졌다.

"…복잡한데?"

어제는 분명 간단해 보이던 초식들이 어제의 싸움을 겪고 나니 그렇게 복잡해 보일 수가 없었다.

제대로 된 초식이 어떤지 알지도 못하고 책을 보았을 때와 완성된 초식에 얻어맞은 후의 견해는 완전히 상반되었던 것이다.

그제야 태하는 이 초식들이 생각보다 고강한 무공이라는 것을 깨닫게 되었다.

"사이비 서적들만 던져놓은 것이 아니라 정말로 삶에 도움이 되는 책들이구나!"

그는 새삼 선명의 안배에 저절로 감사를 하게 되었다.

제대로 된 무공 서적과 그것을 완벽하게 펼치는 대련 상대가 있다는 것은 최상의 수련 환경이라고 볼 수 있었다.

그는 방문을 박차고 나왔다.

쿵!

―끼릭, 끼릭?

마당에는 어제 태하와 대련한 종이 인형이 그를 기다리고 있었다.

하지만 마음먹은 것과는 달리 어제의 그 무지막지한 공격이 생각나서 발길이 쉬이 떨어지지 않았다.

꿀걱!

"…이렇게 겁이 많아서 무슨 복수를 하겠나."

그는 눈을 질끈 감고 마당으로 나왔다.

몇 대 맞는 것이 문제가 아니라 어떻게 해서든 복잡한 초식을 해석할 수 있는 자료가 필요했다.

태하가 방문을 열고 나오자마자 종이 인형이 득달같이 달려들었다.

―끼릭, 끼릭!

"더, 덤벼라!"

지금 태하가 할 수 있는 것은 눈으로 본 초식들을 무작정

따라 하는 것뿐이었다.

그는 일단 가장 처음에 본 초식부터 따라해 보았다.

"백호금낙쇄!"

부웅!

태하는 전력을 다해 개구리처럼 뛰어올라 권을 뻗었다.

하지만 어처구니없게도 놈의 근처에도 가보지 못하고 바닥으로 떨어져 내렸다.

쿠웅!

"으윽!"

─……

"이, 이게 아닌가?"

허술하기 짝이 없는 태하의 초식이 종이 인형에게 맞을 리만무했다.

녀석은 바닥에 엎드린 태하의 얼굴에 전광석화 같이 각을 쳐냈다.

─쉭쉭쉭!

빠각!

"쿨럭쿨럭!"

입에서 비릿한 피 냄새가 진동했지만 이상하게도 어제보다는 맞을 만했다.

'하루 사이에 맷집이 좋아진 것인가?'

그는 어제처럼 한 대 맞고 쭉 뻗어 하늘을 보는 것이 아니라 고통을 인내하며 놈이 어떻게 초식을 전개하는지 똑똑히 지켜보았다.

―쉭쉭!

바로 그때, 태하의 눈에서 은색 안광이 번쩍였다.

스스스스!

은빛으로 빛나는 그의 눈동자는 종이 인형의 동작을 무려 만분의 1초로 느리게 볼 수 있었다.

한마디로 초고속 카메라로 촬영한 영상처럼 아주 느릿느릿하게 움직이는 것이라 할 수 있었다.

그제야 태하는 이 동작이 어떻게 완성되는지 알 수 있었다.

'이제 보인다! 권을 뻗을 때엔 정확한 자세와 길이 뒷받침되어야 한다.'

무공 서적이 왜 자꾸 한 동작을 반복해서 보여주었는지 이제야 이해가 되었다.

태하는 종이 인형이 보여준 동작을 그대로 따라해 보았다.

"쉭쉭!"

입에서 바람 소리 같은 것을 내면서 박자를 맞춘 태하는 팔꿈치의 각도를 조금 더 낮게 깔고 동작을 최소화시켰다.

그러자 놀랍게도 그의 몸이 마치 비호처럼 빠르게 날아갔다.

파바바밧!

퍼억!

"마, 맞았다!"

—끼럭?

자신이 권을 뻗고도 스스로 놀란 태하는 아주 작은 성취감을 느꼈다.

'내, 내가 무공을 썼어?!'

기쁨에 가득 찬 태하의 얼굴은 종이 인형의 반격에 맞아 정신을 놓을 때까지도 계속 웃고 있었다.

빠악!

"꼬르르르륵."

심지어 대자로 쭉 뻗어 하늘을 바라보는 순간에도 웃고 있었다.

그는 오늘 태어나 가장 행복한 미소를 지었다.

*   *   *

일주일 후, 태하의 얼굴 곳곳에 멍 자국이 보인다.

어제까지 딱 일곱 번 기절한 태하는 오늘도 심기일전하여 놈에게 도전할 것이다.

태하는 종이 인형에게 도전하기 전에 정신 수양부터 시작했다.

태하는 청명심법이 알려준 길대로 호흡을 하면서 눈에 띄게 집중력이 좋아지고 몸이 가벼워진 것을 느꼈다.

청명심법에는 단순히 오장육부가 튼튼해지고 근골이 발달한다고만 적혀 있었지만, 이것은 의외로 대단한 의미를 갖고 있었다.

지금 태하의 오장육부는 일반적인 인체에 비해 무려 열 배가 튼튼해져 있었다. 근골은 네 배나 강력해져 있었다.

태하의 눈동자가 동체 시력이 좋아진 것도 모두 청명심법 덕분이었다.

지금부터 10년 동안 청명심법을 연성하면 과연 어떤 결과가 이뤄질지 스스로도 감을 잡기 힘들었다.

하지만 오늘 당장 흠씬 두들겨 맞아 대자로 뻗어버릴 것이라 확신하는 태하이다.

그는 '무식한 데는 매가 약이다'라는 말이 틀린 것 하나 없다고 생각했다.

"그래, 맞으면 빨리 배워. 확실한 이치다."

태하는 마당으로 나가 거침없이 종이 인형과 마주하였다.

─끼릭, 끼릭!

"시작하자."

─쉭쉭쉭!

종이 인형은 태하의 집 마당뿐만이 아니라 섬의 곳곳에 도사리고 있었지만 그가 굳이 건드리지 않으면 공격해 오지는 않았다.

덕분에 바다에서 미역을 따먹거나 그물에 걸린 물고기를 잡아먹으며 끼니를 때울 수 있었던 것이다.

그는 오로지 지금 이 대련에만 온 신경을 집중하였다.

부웅!

종이 인형의 주먹이 직선으로 뻗어 나오다가 급격히 방향을 바꾸어 복싱의 어퍼컷처럼 수직으로 뻗어 올라간다.

저번에 이 주먹에 맞아 턱이 부러질 뻔한 것을 생각하면 여전히 오금이 저려오는 태하이다.

하지만 이제는 순순히 놈의 주먹에 맞아줄 생각이 없었다.

"네놈의 초식은 이미 다 간파하고 있다!"

태하는 종이 인형의 주먹을 한차례 피해냈다.

슉!

허공을 가르는 놈의 주먹에선 마치 검을 휘두르는 듯한 예리한 바람 소리가 났다.

'맞았으면 또 누웠겠군.'

한차례 공격을 피해낸 태하는 놈의 명치에 직선으로 각을 뻗었다.

"청룡출수!"

청룡출수는 몸을 한껏 웅크렸다가 한 바퀴 회전하여 각을 치는 초식인데, 태권도의 뒤차기와 비슷했다.

하지만 몸의 각이 아주 낮게 깔려 앞으로 쭉 뻗어 나가 전신의 중심축이 100% 공격에 사용된다는 것이 특징이었다.

팟!

태하의 각이 뻗어지자, 놈이 곧바로 팔을 가위 모양으로 교차시키고 다리를 높이 들어 올렸다.

태하는 놈이 복부를 막고 사신무의 유술인 현무의 구결을 펼칠 것이라 예상했다.

'걸렸다!'

찰나의 순간이었다.

태하는 일자로 뻗어낸 각을 아주 교묘하게 접었다.

파밧!

뒤차기에서 무릎을 접어 채찍처럼 발을 휘둘렀다.

짜악!

―끼릿!

정확하게 머리를 얻어맞은 종이 인형이 중심을 잃고 갸우뚱거렸다.

태하는 초식의 기본자세에서 약간 변형을 주어 다른 구결로 연결시킨 것이다.

각 구결은 기본동작이 비슷하기 때문에 각법을 뻗을 때 조금만 머리를 쓰면 충분히 초식을 변형시킬 수 있었다.

그는 놈이 균형을 잃을 때를 놓치지 않았다.

"으랏차차!"

그는 사신무의 유술 현무 감아치기를 전개했다.

턱!

종이 인형의 멱살을 잡고 머리의 중심축을 앞으로 회전시키면서 발을 걸자, 유도의 엎어치기와 비슷한 형국이 되었다.

휘릭!

하지만 상대방의 몸이 아래로 떨어질 때에 맞춰 목덜미를 왼손으로 잡고 머리를 땅에 찧도록 유도하는 것이 다른 점이었다.

콰앙!

—…….

"이, 이겼나?"

혹시나 하는 마음에 쓰러진 종이 인형을 뒤집어보니 글귀가 모두 사라지고 없었다.

태하는 기쁨에 겨운 미소를 지었다.

"이, 이겼다!"

그는 태어나 처음으로 누군가를 쓰러뜨리고 극한의 성취감을 맛보았다.

이는 태하가 한 단계 성장하는 계기가 되었다.

대자연은 인간에게 무한한 자비를 베풀지만 그렇다고 모든 것을 거저 주는 법은 없었다.

태하는 뙤약볕에 나와 밭을 갈고 있는 중이다.

퍽퍽퍽!

"헥헥, 쪄 죽겠네!"

태하는 혀가 턱 밑까지 쭉 내려올 정도로 더운 섬의 기후로 미뤄볼 때, 과연 이곳에서 곡식이 자랄 수 있을까 하는 생각이 들었다.

그러나 이 또한 수련이라 생각하면 억울할 것도 없었다.

하지만 힘들어도 너무 힘들다는 것이 문제였다.

"세상에 공짜는 없다고 하지. 하지만 좀 심하게 힘들군."

그는 500평 남짓한 땅을 절반쯤 갈아놓고 연못가로 향했다.

두 시간에 한 번씩 이곳에서 멱을 감지 않으면 못 버틸 지경이니 과연 올해 안에 파종을 할 수 있을지도 알 수가 없었다.

태하가 연못에 들어가 휴식을 취하고 있는데 그의 곁으로 종이 인형이 다가왔다.

—끼릭, 끼릭.

"저놈은 왜 저렇게 자꾸 나만 따라다니는 걸까?"

태하가 고개를 갸웃거리자 놈도 고개를 갸웃거린다.

그는 자리에서 일어나 고개를 180도 돌려보았다.

스윽.

"역시 따라 하는군."

자세한 내막은 모르겠으나 태하에게 한 번 패배한 후에 자꾸 저런 식으로 뒤를 졸졸 따라다니는 종이 인형이다.

바로 그때, 태하의 뇌리를 스치는 아주 좋은 아이디어가 있었다.

"그래, 내가 왜 이 생각을 못 했지?"

그는 당장 창고로 달려가 종이 인형에게 줄 농기구들을 꺼냈다.

"자, 이걸 잡아."

태하가 농기구를 잡는 시늉을 하자 놈은 군말 없이 농기구를 잡았다.

이윽고 태하가 농기구를 잡고 밭을 갈자, 놈이 따라서 밭을 갈기 시작했다.

퍽퍽퍽!

"아하하! 이렇게 간단한 방법이 있었는데 왜 사서 고생을 하고 있었을까?"

태하는 놈에게 밭일을 시켜놓고 자신은 나무 아래에서 아주 편하게 휴식을 취할 요량이다.

그러나 세상의 모든 일은 게으름을 피우는 사람의 편을 들어주지 않았다.

그가 그늘로 가서 앉자 종이 인형도 함께 따라와 앉았다.

"……."

―…….

아무래도 태하가 움직이지 않으면 종이 인형도 움직이지 않는 모양이었다.

"젠장, 그럼 그렇지."

잠시나마 편하게 지내겠다고 생각한 자신이 바보처럼 느껴지는 태하이다.

"그래, 신선이 만들어놓은 것인데 사람이 그리 편하게 지낼 수 있겠어? 내가 너무 멍청했다."

자리에서 일어선 태하는 종이 인형과 함께 밭을 갈기 시작했다.

섬의 곳곳에 자리 잡은 종이 인형들은 그 숫자가 하도 많아서 차마 숫자를 다 헤아리기도 힘들 정도이다.

태하는 하루에 하나씩 종이 인형을 쓰러뜨리며 수련을 쌓았다.

―쉭쉭!

"이제는 네 수가 다 보인다!"

놈의 청룡비선각을 정통으로 받아낸 태하는 유술로 그 다리를 잡아 꺾어버렸다.

"현무 반투장!"

상대방의 힘을 그대로 역이용하는 현무 반투장은 상대방의 관절을 못 쓰게 만들어 버리는 관절기다.

뚜두둑!

―끼릭.

태하에게 제압당한 종이 인형이 곧장 태하에게로 다가와 섰다.

"일꾼이 하나 더 늘었군."

밭에 나가 고생을 하는 것은 지금과 다를 바가 없었지만 일손이 하나라도 더 늘어나면 일이 훨씬 더 수월해질 것이었다.

그는 자신의 뒤에 줄지어 서 있는 종이 인형들을 바라보았다.

"후후, 이 정도면 삽질 몇 번이면 땅이 다 뒤집어지겠는데?"

벌써 20개가 넘는 인형을 모았지만 수련에는 끝이 없는 법이다.

앞으로 더 많은 인형이 생길 테지만 그리 큰 걱정은 없었다.

필요 없는 인형들은 글귀를 지워서 창고에 잘 보관해 두면 그만이기 때문이다.

그는 벌써 한 달이 넘도록 기본 초식만 계속해서 연습하고 있었는데, 이제야 초식이 전부 몸에 익었다.

이제는 이것을 숙달하여 조금 더 강하게 써먹을 수 있도록 하는 것이 목표이다.

그는 자신의 앞을 가득 채우고 있는 잠정적인 적들을 바라보았다.

"적어도 석 달이면 충분하겠군."

태하는 오늘도 사신무를 연성하는 데 전력을 기울였다.

*　　　　*　　　　*

신선도 표류 넉 달째.

태하가 뿌린 씨앗에서 싹이 자라나 제법 그럴싸한 농작물이 되어가는 중이다.

촤락, 촤락!

등에 물지게를 지고 다니면서 물을 뿌리는 태하의 곁에는 50개의 종이 인형이 따라다니고 있었다.

사람이 50개가 넘는 물지게를 혼자 짊어지긴 힘드니 태하 대신 놈들이 물지게를 지고 다니는 것이다.

그는 굽히고 있던 등을 간신히 폈다.

우드드득!

"으으윽!"

태하는 오늘도 500평이나 되는 밭에 물을 줄 생각을 하니까마득했다.

워낙 날씨가 더워서 하루 종일 물을 줘도 금방 말라 버리니 고생이 이만저만이 아니었다.

"…후우, 힘들어 죽겠네. 뭐 좋은 수가 없을까?"

그는 농사에 필요한 것이 무엇인지 생각해 보았다.

농사를 짓자면 인력이 필요하고 땅을 비옥하게 만들 비료가 필요하다. 하지만 그보다 더 중요한 것은 농지 바로 옆에 농업용수를 조달할 수 있는 무언가가 있어야 한다는 것이다.

그는 무릎을 쳤다.

"그래, 수로가 있으면 굳이 내가 물을 주지 않아도 알아서 물이 흘러서 땅을 적시겠지. 왜 이런 생각을 못 한 것일까?"

그는 하던 일을 내버려 두고 연못가로 향했다.

이 땅에서 염분이 없는 물이 용천되는 곳은 우물밖에 없었기 때문에 당장 수로를 만든다면 이곳부터 정비하는 것이 옳았다.

하지만 중간에 큰 언덕이 있고 동굴 바닥을 뚫자면 돌을 파내야 하니 시작조차 할 수 없었다.

결국 연못에서 직접 물을 끌어오는 것은 무리라는 생각이 들었다.

그는 생각을 바꾸었다.

"연못 위로 물이 터져 나온다는 것은 분명 이곳에도 같은 수맥이 자리 잡고 있다는 뜻이다. 물이 있을 만한 곳을 찾아서 땅을 파낸다면 수맥이 터질 수도 있겠지."

하지만 어디에 수맥이 흐를지는 알 수 없다.

하지만 만약 수맥이 하나만 더 터져 준다면 앞으로 10년간은 걱정이 없을 것이다.

태하는 종이 인형들과 함께 땅을 파내려 가기 시작했다.

퍽퍽퍽퍽!

기약도 없이 땅을 파긴 하지만 이보다 더 좋은 방법은 없었다.

대략 세 시간쯤 땅을 파내려 갔을까?

까앙!

뭔가 딱딱한 것에 곡괭이가 걸리더니 이내 황금색 빛줄기가 뿜어져 나오기 시작했다.

째에에에에엥!

"으윽! 이건 또 뭐야?!"

황금색 빛줄기에선 은은한 흙냄새가 진동했다.

태하는 이 냄새가 상당히 익숙하게 느껴졌다.

"가만있어 보자."

기억을 더듬어보니 이 물 냄새가 우물에서 났던 것 같다.

그는 기쁨에 겨워 종이 인형을 끌어안았다.

"아하하! 그 물줄기가 이곳까지 연결되어 있었던 것이구나!"

―끼릭, 끼릭?

"땅을 더 파보자! 분명 물이 용천될 거야!"

태하와 종이 인형들은 대략 30분쯤 땅을 파내려 갔다.

그러자 정말로 수맥이 터져 나왔다.

츄우우욱!

"돼, 됐다!"

태하는 수맥에 손을 담가보았다.

스스스스스!

물이 손에 닿자마자 기혈을 타고 청량한 기운이 쏟아져 들어왔다.

순간, 그는 새로운 사실을 하나 깨달았다.

"물이 차가워서 청량감이 든 것이 아니라 물 자체에 엄청난 에너지가 내포되어 있는 것이었어!"

지금까지 태하는 영문도 모른 채 이 물을 마시고 있었지만 사실 이 물은 지하에 내장되어 있던 공청석유가 터져 나온 것이었다.

원래 공청석유는 영검한 대지의 기운이 돌에 묻어 10년에 한 방울씩 떨어져 내리는데, 이것을 한입 마시는 것만으로도 임독양맥이 타통된다.

이곳은 대지 전체에 영검한 기운이 넘쳐흐르기 때문에 지하수를 마시는 것만으로도 충분히 공청석유의 몇 배에 달하는 효과를 볼 수 있었다.

그러니까 태하는 지금까지 내공을 그냥 퍼마시고 있었던 것이다.

그는 공청석유가 무엇인지 알 길이 없으니 일단 이것을 농업용수로 사용하기로 했다.

"에너지가 내포되어 있으면 더 좋지, 뭐. 자, 수로를 파내보자!"

―끼릭, 끼릭!

도시의 무인들이 이 광경을 보았다면 까무러칠 노릇이지만 무의 무 자도 모르는 태하에게 공청석유는 그저 흔해 빠진 지하수에 불과했다.

그는 당장 수로를 연결하여 농업용수를 조달할 수 있는 기반을 닦았다.

제4장
사신무의 심화 과정

무려 보름에 걸쳐 농업용수를 조달할 급수 타워를 건설한 태하는 뿌듯한 시선으로 그것을 바라보았다.

쏴아아아아!

우물을 파내고 그 안에 돌을 쌓으면 물이 대지로 스며들지 못하고 자꾸만 위로 차오르게 되어 있다.

태하는 천천히 차오르는 우물 위로 다시 돌과 나무를 쌓아 올려 3미터 높이의 장벽을 만들었다.

이 상태에서 물이 아래로 흐르도록 나무 파이프를 만들어 연결시키면 굳이 태하가 손을 대지 않아도 물은 흐르게 되어 있다. 여기에 물막이 하나만 가져다 놓으면 물 조절까지 할 수 있었다.

태하는 이제 더 이상 물을 퍼 나른다고 난리 법석을 떨지 않아도 되니 10년 묵은 체증이 내려가는 느낌이다.

"속이 다 시원하군!"

앞으론 하루에 한 번씩 김매고 가지나 좀 쳐주면 작물이 자라는 데 문제가 없을 것이다.

이제 태하는 자신이 만들어둔 어장으로 향했다.

파다다다닥!

그는 대나무와 그물을 엮어서 만든 가두리 어장으로 손을 집어넣어 커다란 물고기 한 마리를 꺼냈다.

팔 색의 줄무늬가 배에 선명하게 남아 있는 이 물고기는 외형이 잉어에 가까웠다.

바다에 잉어가 살 리가 만무하지만 지금 태하에겐 그런 것 따윈 중요하지 않았다.

"오늘은 그럼 회를 좀 먹어볼까?"

날로 회를 치면 식감이 거의 육회와 비슷할 정도로 쫄깃하고 담백한 것이 이 물고기의 특징이다.

태하는 물고기의 내장을 제거하면서 알은 따로 빼내서 물에 담가두었다.

스르릉!

영롱한 푸른색을 띤 이것은 사실 물고기의 알이 아니라 백년화리의 내단이었다.

백년화리는 민물에서 100년, 바다에서 200년을 산 잉어를 말하는데, 백년화리의 피와 내단에는 1갑자에 달하는 공력이 담겨 있었다.

매일같이 백년화리를 구워 먹고 내단을 별미로 즐기는 태하는 하루에도 8갑자가 넘는 공력을 먹어치우는 셈이다.

하지만 피를 빼내고 비늘을 벗겨서 먹으니 공력의 2/3는 바다에 버리고 남은 공력만 취하고 있는 실정이다.

만약 지나가던 도시의 무인들에게 백년화리를 이런 식으로 먹었다고 말하면 게거품을 물면서 쓰러질지도 모른다.

그러거나 말거나 태하는 백년화리의 피를 모두 다 빼내고 비늘을 벗겨 엉성한 막회를 쳐 먹었다.

"쩝쩝, 담백하고 좋은데?"

태하는 회를 한 점 먹어본 후 뭔가 좀 부족하다고 생각했다.

그는 뒷마당에 피어 있던 상추 모양의 약초와 돌미나리와 비슷하게 생긴 풀을 뜯어다가 물에 씻었다.

"킁킁, 향이 아주 그만이군."

상추 모양의 약초는 땅의 정기를 천 년 동안 머금고 있다가 피어난 천년하수오이고 돌미나리처럼 생긴 것은 오풍초였다.

오풍초는 만년설사가 죽어서 남긴 시신에서 피어난 약초인데, 이것을 먹으면 만독불침의 몸이 된다.

천년하수오는 땅의 진기가 켜켜이 쌓여 만들어진 약초이기 때문에 몸의 균형을 맞춰주고 주화입마를 막아준다.

지금 태하가 먹어치우고 있는 이 엄청난 양의 내단들이 몸에 함부로 들어가게 되면 신체가 그것을 다 받아들이지 못해 기혈이 미치광이처럼 날뛰게 된다.

아마 태하가 오풍초와 천년하수오를 간식으로 먹지 않았다면 지금쯤 저세상으로 떠나가 있을지도 모른다.

일이야 어찌 되었든 간에 태하에겐 이 모든 것이 그냥 풍류에 지나지 않는다.

"크흐, 술 한잔 있으면 아주 좋겠구먼!"

아마 몇 달 있으면 곡식이나 열매가 열릴 테니 그것을 따다가 술을 담가 먹을 생각을 해보는 태하이다.

*　　　　*　　　　*

신선도에 표류한 지 7개월째.

드디어 이곳 신선도에도 가을이 찾아와 수확의 기쁨을 맛볼 수 있었다.

50개의 인형과 함께 추수를 한 태하는 도리깨와 탈곡기로 보리를 도정했다.

탈탈탈!

보리의 겨를 벗겨내고 낟알을 받아낸 태하는 당혹감을 감출 수 없었다.

"보, 보리가 아니었나?"

원래 보리의 낟알은 누런색을 띠고 있다. 한데 보리를 도정하여 보니 그 안이 파란색이었다.

태하는 혹시나 하는 마음에 낟알을 몇 개 집어서 먹어보았다.

우드드득!

그는 화들짝 놀라며 낟알을 바라보았다.

"시, 시원하다! 낟알에 누가 박하를 뿌려놓았나?"

당연한 결과였다.

공청석유로 농사를 지으니 당연히 공청석유의 특성이 전이될 수밖에 없었다.

태하가 재배한 보리의 낟알 한 되에는 1갑자의 공력이 실려 있어 이것을 밥으로 지어 먹고 살면 아마도 신선이 될지도 모른다.

이것이 공청석유라는 사실은 알지 못해도 내공 증진에 엄청난 효과가 있다는 사실은 태하 역시 조금은 느끼고 있었다.

요즘 들어 아랫배가 점점 더 묵직해져 오고 있었으며, 가슴과 백회에서도 그런 느낌을 자주 받을 수 있었다.

그의 몸은 벌써 두 번의 환골탈태를 거쳤으므로 화경, 현경의 경지를 차곡차곡 밟았다고 볼 수 있다.

당장 태하가 자신의 내공을 100% 활용할 수 없기 때문에 무공이 정체되고 있는 것일 뿐, 사실상 그의 공력을 따라올 사람은 그리 많지 않을 것이다.

밭에서 보리를 수확한 태하는 산비탈 과수 농지에 심어놓은 나무의 과실을 따러 갔다.

바구니를 들고 산비탈을 오른 태하는 입구에서부터 코를 찌르는 술 냄새 때문에 정신을 차릴 수가 없었다.

"쿨럭쿨럭! 며칠 사이에 열매가 다 썩어버렸나?"

연분홍색을 띠는 복숭아 과의 열매는 태하의 유일한 당분 섭취원이다.

그는 허겁지겁 달려가 열매를 따서 맛을 보았다.

쫘드득!

"쩝쩝."

과일은 아주 탐스럽게 잘 익어 과육이 단단하고 과즙 역시 일품이었다.

한데 이상한 것은 열매에서 술맛이 난다는 것이다.

"크허, 좋다!"

목을 탁 쏘는 향긋한 주향이 심장까지 내려와 태하의 전신을 타고 퍼져 나가는 것 같았다.

그는 앉은 자리에서 열매 다섯 개를 연달아 먹어치웠다.

그러자 태하의 얼굴이 터질 듯이 붉어졌다.

"후우, 열이 바짝 나는군."

술맛이 나는 열매라니, 태하는 신기해서 헛웃음이 나왔다.

"하하, 하하하!"

세상에 열매를 따먹고 술에 취하다니, 어처구니없지만 기분
은 좋았다.

태하는 그 자리에 벌러덩 누웠다.

"에라, 모르겠다!"

술에 취하니 지금껏 살아온 인생이 주마등처럼 스쳐 지나
갔다.

기억이 남아 있는 시절부터 지금까지 살아온 그의 인생은
그다지 특별할 것이 없었다.

하지만 태하의 부모님은 그가 천재라며 동네방네 자랑을 하
고 다녔다.

'부모님……'

어머니와 아버지의 얼굴이 떠오른다. 하지만 이제 더 이상
그분들을 보고 만질 수 없다.

평생 함께할 것만 같았던 부모님이 돌아가셨다는 사실이
새삼 와 닿았다.

그는 조용히 눈을 감았다.

"꿈에서라도 만날 수 있으면 좋으련만……."

태하는 수풀 위에서 깊은 잠에 빠져들었다.

다음 날 아침 이슬을 맞으며 태하가 잠에서 깨어났다.

"으음……."

그는 자리에서 일어나 숨을 크게 들이쉬었다.

"후우!"

이제는 습관이 되어버린 청명심법이 가슴으로 한껏 맑은 공기를 들이마셨다가 온몸으로 뱉어냈다.

"으음, 좋군!"

그는 이상하게도 숙취 대신 몸이 훨씬 더 가볍고 힘이 넘쳐나는 것을 느꼈다.

숙취 대신에 몸을 가볍게 해주는 과일이라니 이해를 할 수 없는 과일이다.

"신선도는 참 신기한 섬이야."

태하가 한 바구니 가득 딴 과일을 가지고 내려와 보니 마당을 가득 채운 종이 인형들이 전부 다 사라지고 없었다.

그는 고개를 갸웃거렸다.

"어, 어라? 내 일꾼들이 다 어디로 갔지?"

그러고 보니 어제 태하를 따라온 종이 인형들도 전부 보이지 않았다.

농기구를 정리해 놓고 창고와 뒷마당까지 다 뒤져보았지만 놈들은 코빼기도 보이지 않았다.

"흐음……."

바로 그때였다.

촤라라라락!

섬 전체로 흩어졌던 인령진의 낱장이 다시 태하에게로 모여들었다.

"……?"

잠시 후, 인령진의 책장은 다시 빠르게 넘어가 사방으로 낱장을 흩뿌렸다.

타다다다다!

이제 낱장들은 다시 한 번 사람의 모습으로 변해갔다.

뚜두두둑!

이윽고 그 사람 모양의 종이들은 나무로 탈바꿈하였다.

―통통!

둥근 원통 모양 나무에 팔다리와 머리가 달린 나무 인형은 주먹에 푸른색 쇠구슬을 달고 있었다.

그는 인형이 한 단계 진화하였다는 것을 본능적으로 느낄 수 있었다.

태하는 인형에게 손을 가져다 댔다.

스르르르릉!

그의 손이 닿자마자 잠에서 깨어난 나무 인형이 푸른색 안광을 번쩍이며 태하에게 달려들었다.

부웅!

'빠르다!'

종이 인형과는 상대가 되지 않을 정도로 빠른 놈의 주먹은 순식간에 태하를 구석으로 몰아넣었다.

─쉭쉭쉭!

"주작천수?!"

주작천수는 주작의 불길처럼 뜨겁게 상대방을 몰아붙이는 열네 개의 장으로 구성된 초식이다.

태하는 놈의 장을 차근차근 막아냈다.

같은 무공을 사용하는 것이니 길을 찾아내 막는 것은 그리 힘든 일이 아니었다.

하지만 문제는 놈의 장법에 이어 곧바로 청룡구절의 발차기가 이어진다는 것이다.

─쉭쉭쉭!

청룡비선각이 태하의 턱에 제대로 꽂혔다.

빠각!

"크헉!"

놈은 초식과 초식을 연결하여 연속기를 펼쳐 태하를 복날의 개 패듯이 두들겨 패기 시작했다.

퍼버버버벅!

무려 열두 개나 이어지는 초식에 맞은 태하는 정신을 차릴 수가 없었다.

'초식이 연계될 수도 있는 건가?'

태하는 신선한 충격을 받았다.

하나하나 전개하기에도 역부족인 초식을 도대체 어떻게 연계시킬 수 있단 말인지 그는 도저히 이해가 되지 않았다.

하지만 태하에게 조언을 해줄 수 있는 이는 이곳에 없었다.

빠각!

열두 개나 이어진 초식의 마지막은 현무구절의 폭렬회전치기였다.

붕붕붕, 콰앙!

공중에서 수차례 회전한 다음 사람을 거꾸로 매달아 머리부터 내리찍어 버리는 폭렬회전치기는 그 타격이 가히 살인적이었다.

"꼬르르륵."

결국 태하는 기절하여 그 자리에 쭉 뻗어버렸다.

*　　　　*　　　　*

이른 아침, 대한병원 VVIP룸으로 최미나와 이현희가 들어섰다.

삐빅, 삐빅.

환자의 맥박과 호흡은 아주 순조로운 편이었지만 여전히 의식은 돌아오지 않았다.

"바이탈은?"

"정상이에요."

수술 결과는 아주 좋았지만 아직까지 의식이 돌아오지 않아 앞으로 추이를 조금 더 지켜보겠다는 것이 임태성의 진단이었다.

두 사람은 수액을 갈아주고 호흡기를 점검하는 등의 조치만 취하고 병실을 나갈 생각이었다.

하지만 바로 그때, 환자의 의식이 돌아왔다.

"허억, 허억."

"환자 분, 정신이 좀 드세요?"

"…여긴?"

"대한대학병원입니다. 나흘 전에 수술을 받으셨어요."

"그렇구려."

가만히 누워 눈만 끔뻑거리던 그가 두 간호사에게 물었다.

"그나저나 내 주치의는 어디로 가셨소? 인사라도 한마디 해야 할 텐데."

"지금은 결근 중이세요. 수술을 집도한 주치의 대신에 과장님께서 오실 테니 조금만 기다리세요."

"그렇지만 그게 도리는 아닌데……."

"도리보다도 환자께서 정신을 차리시는 것이 더 급선무죠. 한동안 안정을 취해주세요."

"알겠소. 그렇다면 이름이라도 좀 알아둡시다."

"제1외과 김태하 선생님이요."

"김태하라……."

"아무튼 이제 곧 과장님이 오실 테니 잠시만 기다려 주세요. 현희 선생, 보호자를 찾아서 연락 좀 취해줘요. 난 과장님께 다녀올게."

"그래요."

두 간호사가 병실을 나서자 노인은 허공에 대고 아주 낮게 중얼거렸다.

"진조."

그의 음성이 들리자마자 병원 천장에서 한 사내가 떨어져 내렸다.

파밧!

"화랑회주님을 뵙습니다."

"내가 이곳에 얼마나 누워 있었다고?"

"나흘쯤 됩니다."

"그동안 별일 없었나?"

"몇 가지 보고드릴 일이 있습니다."

"말해보게."

"사성회의 김명희 일가가 몰살을 당했다고 합니다."

"……!"

한국과 중국 등지에 넓은 세력권을 구축하고 있는 화랑회는 경상북도 경주 일대에 근간을 둔 무인 집단이다.

회주 현영태는 화랑회 전체를 아우르는 중추적인 인물이지만 독단적인 행동을 좋아하는 성격이었다.

때문에 이번 피습에서 조금 더 많은 피해를 입을 수밖에 없었던 것이다.

그는 김명희 일가의 참변 소식을 듣곤 안타까움을 감추지 못했다.

"…무인계의 큰 별이 져버렸군. 앞으로 제대로 된 사성권법은 보지 못하겠어."

"……."

현영태는 진조에게 이번 사건의 배후에 대해 물었다.

"자네가 생각하기에 나에게 칼침을 놓은 놈들과 이번 참변을 일으킨 놈들이 관련이 있는 것 같은가?"

"그렇다고 생각합니다."

"흠……."

"아마도 놈들은 회주님과 서울 분타주가 연락을 주고받고 있다는 사실을 이미 알고 있던 것으로 보입니다. 회주님께서 변고를 당하신 바로 그때쯤 김명희 이사가 피를 봤으니 아마도 이것은 우리 회랑회와 김명희 이사를 떼어놓으려는 일종의 계략이 아니었는지 싶습니다."

"그래, 나도 그 의견에 동의하네. 나와 김명희 이사가 서울 분타주의 밀서를 받고 차기 방주를 옹립시키려 한다는 것을 놈들이 알아챈 거야."

"어디서부터인지 몰라도 정보가 샌 것이 확실합니다."

"명화방에서도 이 사실을 알고 있었나?"

"아마 김명희 협객의 부인이 이 사실을 알고 있던 것으로 파악됩니다."

"그렇지만 장희원 교수가 그리 입이 가벼운 여자도 아니고……."

"제 생각엔 장희원 교수의 측근에 내통자가 있던 것 같습니다."

"다른 곳도 아니고 명화방에 내통자라니, 믿을 수가 없군."

진조는 고개를 가로저었다.

"아닙니다. 명화방에서 장희원 교수 말고 개방의 부활을 달갑게 여기는 사람은 없을 겁니다. 그렇다면 뒤통수를 친다는 것도 무리는 아니지요."

"그렇지만 사람이 죽지 않았나?"

"그게 유일한 미스터리이긴 합니다만, 일이 진행되는 과정에 있어 미필적 고의로 사람이 죽었다면 이해가 아주 안 되는 것도 아니지요."

"이것 참……."

"일단 이곳에 계시면서 몸을 추스르고 기력을 회복하시지요. 제가 암암리에 사건을 좀 더 조사해 보겠습니다."

"그래, 그래주게."

"예, 회주님."

이윽고 병실을 나서려던 진조에게 현영태가 물었다.

"아 참, 김태하라고 했던가? 나를 수술한 집도의 말일세."

"예, 맞습니다."

"그 청년을 좀 수소문해 주게. 목숨을 빚졌는데 뭐라도 성의 표시를 해야 할 것이 아닌가?"

"한번 알아보겠습니다."

"고맙네."

"그럼 편히 쉬십시오."

진조가 돌아간 이후에도 현영태는 편안히 두 다리를 뻗고 누워 있을 수가 없었다.

'이놈들, 도대체 어떻게 알고 일을 벌인 것이지?'

뜻을 함께한 무인이 죽었다는 소식을 듣고 나니 기분이 싱

숭생숭해서 잠이 다 깨는 것 같았다.

그러나 지금 그가 할 수 있는 일은 그리 많지 않았다.

현영태는 일단 상처가 나을 때까지 조용히 지내기로 마음 먹었다.

*   *   *

신선도 표류 1년 3개월째.

─쉭쉭!

여전히 태하는 나무 인형을 상대로 악전고투를 이어나가고 있었다.

퍼억!

"이번에는 청룡진월각에 이어 천염월하수패가 연결되는구나. 괴물 같은 놈!"

공중에서 여덟 번이나 회전하며 각을 차는 청룡진월각에 이어 하늘에서 땅으로 떨어져 내리며 장을 치는 천염월하수패가 이어지면서 태하의 이마가 따끔따끔했다.

콰앙!

"크윽! 막아도 강력하긴 마찬가지구나!"

장법은 권법이나 각법과는 달리 사물을 관통하는 장풍이 생성되기 때문에 막아도 막는 것 같지가 않았다.

그나마 장풍을 피한다고 함부로 운신했다간 현무 유술에 당해 뇌진탕이 일어날 것이 뻔했다.

'아직까지 나는 놈을 이길 수 없는 것인가?'

태하에게 나무 인형은 마치 거대한 산과 같아 보였다.

계속 수세에 몰려서 대련을 이어가다 보니 답답한 마음도 들었다.

하지만 태하는 생각보다 인내심이 대단한 사람이었다.

퍽퍽퍽!

무려 열다섯 개의 초식이 이어지는 나무 인형의 공격을 받아내던 태하의 눈동자에 빈틈이 보였다.

부웅!

이는 놈의 실수였다.

너무 많은 초식을 공격에 집중하여 쏟아붓다 보니 빈틈이 생길 수밖에 없었던 것이다.

태하는 놈의 빈틈을 집요하게 파고들었다.

"현무 회전치기!"

옆구리에 빈틈이 생기자마자 태하는 그곳으로 집요하게 파고들어 멱살을 잡아챘다.

쿠웅!

이번에는 반대로 멱살이 잡혀 버린 나무 인형은 몸이 회전되지 않도록 수비하느라 바빴다.

억지로 넘어가지 않도록 버티는 나무 인형에게 태하가 권을 쳤다.

"백호혈풍권!"

팔꿈치로 얼굴을 가격한 후에 마치 풍차가 회전하듯이 권을 치는 백호혈풍권에 나무 인형의 신형이 쉴 새 없이 두들겨 맞았다.

퍽퍽퍽!

ㅡ똑똑?!

"놈, 걸렸다!"

태하에게 흠씬 두들겨 맞아 중심이 흐트러진 나무 인형에게 아주 가까이 밀착한 태하는 그대로 허리를 잡아 뒤로 누워버렸다.

쿠웅!

레슬링의 수플렉스와 비슷한 움직임이지만 공중으로 적을 높이 들어 올린 후 지상에서 점프하여 머리를 아래로 내리꽂는다는 점이 달랐다.

동작은 비슷하지만 그 충격은 이루 말할 수가 없을 정도이다.

콰앙!

ㅡ끼르르르륵…….

"아주 산산조각을 내주마!"

태하는 바닥에 거꾸로 쑤셔 박힌 나무 인형을 곧바로 들어 옆으로 회전하며 누웠다.

빠악!

—꼬르르륵.

"현무 나락치기다, 이 나무토막아!"

드디어 나무 인형은 쓰러져 버렸고, 태하는 사신무의 또 다른 오의를 깨달았다.

'맹목적인 공격은 브레이크 없는 자동차와 같구나. 그 어떤 것보다 중첩, 중심을 잡는 것이 중요해.'

이로써 한 단계 더 성장하게 된 태하이다.

그는 여기서 멈추지 않고 계속해서 무공을 수련해 나갔다.

*   *   *

신선도 표류 2년 째.

이제 태하는 이곳의 생활에 완벽하게 적응했다.

이른 아침부터 눈을 뜬 태하는 넓은 바다로 나가 멱을 감았다.

"푸하, 푸하!"

수영은 사신무의 현무 구결을 이해하는 데 큰 도움이 된다.

물을 형상화시킨 현무 구결은 음양오행 중 음, 수의 기운과

직결되기 때문에 바다에서의 수영은 그 감각을 키우는 데 탁월한 효과가 있었다.

태하는 수영을 하면서 현무 구결을 익히고 그와 동시에 바다에서 구할 수 있는 신선한 해산물들을 잡아서 뭍으로 올라왔다.

그는 바다에서 잡은 수산물 중에서 소라나 전복 같은 패류는 장력으로 다듬어 껍질을 떼어냈다.

슈웅, 파앙!

주작 구결의 장풍은 소라나 전복 같은 패류의 껍질을 벗기는 데 아주 효과적이다.

바다에서 구한 패류를 삶아 반찬을 만든 태하는 공청석유로 지은 꽁보리밥으로 밥상을 차렸다.

"우걱, 우걱!"

청량감이 워낙 풍부하기 때문에 별다른 간이나 조미를 하지 않아도 충분히 훌륭한 식사가 되었다.

그는 마파람에 게 눈 감추듯 밥을 먹어치우고 자리에서 일어났다.

"오늘은 도전에서 이길 수 있을까?"

무공의 경지로 따지자면 현경에 오른 태하는 여전히 인형들과의 대련을 통하여 몸을 단련하고 있었다.

식사를 마치고 마당으로 나가보니 돌로 만들어진 인형들이 그를 기다리고 있었다.

─쿠그그그!

"자, 그럼 오늘도 한번 시작해 볼까?"

그는 마당으로 나가는 길에 기선 제압을 하기 위해 공중제비를 돌며 장풍을 뻗었다.

"허업!"

주작 구결의 천벌화시가 하늘에서부터 유성우처럼 떨어져 내렸다.

펑펑펑펑!

이 정도 공력이면 어지간한 화경의 고수 40명을 저세상으로 보낼 수 있을 정도이다.

그러나 돌 인형은 그것을 아무렇지도 않다는 듯이 맞았다.

퍼억!

─쿠그그!

놈은 오히려 천벌화시를 뚫고 태하에게 장을 날렸다.

슉슉, 퍼엉!

돌 인형이 날린 장은 주작 구결의 상승 무공으로 보이는 의문의 장법이었다.

태하는 붉은색 돌개바람이 자신을 향해 날아옴에 따라 즉시 수세를 펼쳤다.

"현무 천갑진!"

현무의 등에 자리 잡고 있는 천하무적의 천갑을 표현한 현무 천갑진은 태하의 내공 네 배를 막아낼 수 있다.

하지만 그의 천갑진은 어처구니없이 무너지고 말았다.

콰앙!

"크허억!"

엄청난 내상을 입고 바닥으로 떨어져 내린 태하는 피를 한 움큼 토해냈다.

"쿨럭, 쿨럭!"

태하는 벌써 반년째 같은 무공에 맞아 패배를 맛보는 중이다.

그는 사신무 기본 초식에 한계가 있다는 것을 부정할 수가 없었다.

'도대체 저런 상승 무공은 어디서 구할 수 있단 말인가?'

선명이 태하에게 주고 간 무공 서적은 단 한 권이기 때문에 그 밖의 다른 무공서를 기대하기는 힘들었다.

그는 조용히 눈을 감았다.

'사신무의 상승 무공이라… 도대체 무공의 끝은 어디란 말인가?'

지금 태하가 마음만 먹으면 작은 산 하나쯤은 장법으로 날려 버릴 수 있었지만, 여전히 돌 인형은 어찌할 수가 없었다.

그는 자신의 한계가 여기까지라고 생각했다.

"내 자질이 부족한 것이겠지. 쳐라."

돌 인형에게 자신을 내어주겠노라 다짐한 태하는 또 한 번의 기절을 각오했다.

하지만 바로 그때, 돌 인형의 등짝에 쓰인 글귀가 태하의 눈에 들어왔다.

태하는 그 글귀를 재빨리 읽어 내려갔다.

주작구, 삭풍진······.

그는 자리에서 벌떡 일어섰다.

"···놈의 등짝에 상승 무공의 구결이 적혀 있던 것이구나! 그래서 놈은 하나의 구결밖에 사용할 줄 모르는 거야!"

태하는 주작 구결의 삭풍진을 모두 외우고 그 구결을 머리로 이해하였다.

그러자 그의 손에 붉은색 소용돌이가 생기기 시작했다.

스스스스스!

"주작, 삭풍진!"

새빨간 피를 연상케 하는 소용돌이가 돌 인형에게 날아가자, 놈은 같은 삭풍진으로 대처했다.

끼이이이이잉!

두 세력이 맞붙어 불꽃을 튀겼지만 결국 내력 싸움에서 이긴 것은 태하였다.

콰앙!

―끼기긱, 쿵!

"이, 이겼다!"

첫 번째 상승 무공을 손에 넣은 태하는 가슴이 두근거렸다.

"더 강해질 수 있다!"

그는 계속해서 대련에 박차를 가했다.

제5장
인연과 인연

홍콩 침사추이의 뒷골목.

뺌빠바바바밤!

음침한 뒷골목의 분위기와 잘 어울리는 스탠딩 클럽의 음악 소리가 문을 뚫고 나오고 있다.

깔끔한 정장을 입은 사내가 스탠딩 클럽으로 들어가려 문 앞에 섰다.

"한 사람 들어가는 데 얼마요?"

그는 얇고 긴 가방을 어깨에 걸치고 있었는데, 클럽 매니저가 보기엔 VIP와는 거리가 멀어 보였다.

클럽의 매니저는 클럽에 들어가기 위해 줄을 서서 기다리는 사람들을 가리켰다.

"이보쇼, 저기에 줄이 안 보이쇼? 가서 줄이나 서쇼."

남자는 대답 대신 명함을 한 장 건넸다.

명화방

명화방의 명함을 건넨 사내는 명화방 칠 대 후기지수로 손꼽히는 츠바사 모리시타였다.

순간, 매니저의 얼굴이 낯빛이 바뀌었다.

"며, 명화방……."

"시끄럽게 할 생각 없소. 그냥 안으로 들어가서 분위기만 잠깐 보고 나오겠소."

"그, 그러시죠."

클럽 안으로 들어선 츠바사에게 칵테일 바를 관리하는 스태프가 다가왔다.

"몇 분이시죠?"

"한 사람이오."

"이쪽으로 오시지요."

스태프는 그에게 블루하와이 한 잔을 건넸다.

"기본으로 제공되는 칵테일입니다. 드세요."

"고맙소."

이윽고 사라진 스태프 대신 바 안에 들어가 있던 바텐더가 츠바사에게 말을 걸어왔다.

"혼자 오셨어요?"

"그렇소."

"이런 클럽에 혼자 오는 경우는 드문데, 관광객이신가요?"

대답 대신 고개를 끄덕인 츠바사는 바텐더에게 홍콩 달러 뭉치를 건넸다.

"술 한 잔 더 주시오. 남은 돈은 팁이오."

"어이쿠, 이렇게 감사할 데가……."

바텐더는 얼른 돈을 챙기고 큰 잔에 칵테일을 한 잔 섞어냈다.

"미도리샤워입니다. 시원하게 마시기 좋죠."

"그쪽이 드시구려. 내가 사는 거요."

"하하, 오늘은 운이 좋은가?"

"기분이오. 원한다면 팁을 받은 만큼 마셔도 좋겠지."

미도리샤워를 한 모금 머금은 바텐더가 사내에게 물었다.

"보아하니 무공을 하시는 양반 같은데, 저에게 뭔가 물어보실 말이 있으십니까?"

"내가 무공을 하는지 어떻게 아셨소?"

"제가 이 바에서만 벌써 15년째 일하고 있어요. 무공을 하는 사람들은 눈빛만 봐도 알 수 있죠."

"으음."

"묻고 싶은 것이 뭡니까?"

"최근에 당문의 활동이 활발해졌다고 들었소. 아는 것 있소?"

바텐더는 클럽의 스테이지에서 춤을 추고 있는 한 무리의 사내들을 가리켰다.

그들은 갈색 가죽재킷을 입고 있었는데, 등에 네 개의 별이 박혀 있었다.

"저놈들 보이죠? 자기들이 신성 사성회의 후예라고 떠벌리고 다닙니다."

"미친놈들이군. 사성회를 사칭했다간 목이 달아날 텐데?"

"뭐, 그거야 저놈들 사정이죠. 아무튼 간에 저놈들이 하는 얘기를 들었는데, 옥봉인가 뭔가를 찾으면 당문에서 현상금을 준다고 했답니다."

"옥봉?"

"그 옥봉이라는 것이 뭔지는 잘 모르겠지만 홍콩 달러로 100만 달러를 준다고 했대요."

"흠……."

"그 때문에 지금 당문의 수뇌부 당청진에게 옥봉을 찾겠다는 현상금 사냥꾼들이 수시로 기별을 넣고 있다고 하더군요."

"당문이 옥봉을 찾고 있다?"

"나도 정확한 사실은 잘 몰라요. 그냥 그렇게 얘기를 들었을 뿐이지.”

“그렇구려.”

츠바사는 이곳까지 장희원 일가의 참변에 대해 조사하기 위해 찾아온 것이다.

‘이모가 당문에게 시해를 당했을 가능성이 높다고 하던데, 역시 개방 때문에 변고를 당하신 건가?’

명화방 최고의 여류 검객이던 장희원은 츠바사의 이모이자 검을 가르쳐 준 스승이다.

한마디로 그는 친족인 이모의 복수와 함께 스승의 복수를 하기 위해 홍콩을 찾은 것이다.

그는 이모에게서 개방이 다시 부흥하려 한다는 사실을 전해 들었고, 그 직후에 그녀가 참변을 당했다.

일의 연계성을 따져보았을 때, 당문은 개방의 타구봉을 찾고 있는 것이 분명했다.

‘당문을 족쳐보면 뭔가 나오겠군.’

이모에 대한 생각 때문에 잠시 멍해진 츠바사에게 거치적거리는 소리가 들려왔다.

“어이, 바텐더! 여기 맥주 한 잔씩 줘봐!”

“선불입니다.”

“이게 미쳤나? 우리가 사성회라는 것을 몰라? 죽고 싶어?!”

“…자꾸 공짜로 술을 마시려 한다면 경찰을 부르겠습니다.”

"하하, 경찰? 불러! 경찰 부르라고! 아주 다 작살을 내줄 테니까!"

츠바사는 가방 안에서 청색 보에 싸인 검을 꺼내 들었다.

그는 술잔을 전부 다 비워냈다.

꿀꺽!

"이보시오, 같은 무인끼리 술 한잔합시다! 나는 명화방의 모리시타라고 하오!"

"……?"

츠바사는 술잔에 내공을 실어 사성회를 사칭하는 사내들에게 날렸다.

티잉!

검집에 맞은 술잔이 깨지지 않고 사내의 얼굴을 향해 튀어 올랐다.

퍼억!

"크허억!"

"혀, 형님!"

여덟 명의 사내가 일제히 검을 뽑아 들었다.

챙!

"죽이겠다!"

"이런, 비홍검술로 한 수 가르쳐 주시려는 모양이오? 비홍검술은 난해하기가 지하 세계 제일이라 나의 이모부 되시는 김명화 검객 정도는 되어야 제대로 펼칠 수 있다고 들었소만?"

"미친놈, 그 주둥이를 꿰매주마!"

열 명의 사내가 득달같이 달려들었지만, 그 무공들이 하나같이 형편없었다.

"사칭도 정도껏 해야지, 감히 이모부의 문하를 사칭해?!"

츠바사는 검집에 공력을 실었다.

스스스스!

그의 손에서 뻗어 나간 공력이 검 끝에 실려 거대한 검풍을 만들어냈다.

"건곤일식, 초화섬!"

건곤일식은 명화방의 근간인 명교의 개파조사 천마가 고안한 검법으로, 천마신검의 근간이 되는 무공으로 전해진다.

비록 상승 무공인 천마신검에 비할 바는 못 되지만 건곤일식의 고강함은 검의 명가인 화산파의 매화검법에 비견될 정도이다.

초화섬의 일수에 그대로 복부를 얻어맞은 두 명의 사내가 저만치 떨어져 나가자 츠바가는 곧바로 장을 쳤다.

"수화신결!"

부웅, 콰앙!

"크허억!"

츠바사가 전개한 천마신장의 수화신결에 맞은 사내 다섯이 피를 토해냈다.

푸하아악!

순간, 주변으로 모여든 구경꾼들이 자리를 피하기 시작했다.

"지, 진짜 명화방이다!"

"어, 어서 피하자고!"

괜히 이곳에 있다가 봉변을 당할까 두려운 구경꾼들이 사라지자, 츠바사가 검을 뽑아 들었다.

스릉!

"사성회는 명문 중의 명문이다. 네놈들이 사칭할 그런 양아치 집단이 아니란 말이다."

"죄, 죄송합니다!"

"나는 사성회 김명화 검객의 조카이다. 그러니 너희들은 내 집안을 사칭한 것이나 마찬가지지."

"사, 살려주십시오!"

"어차피 무인을 사칭했으니 죽을 각오는 이미 해둔 것 아니겠나? 지금 목을 베어도 이의는 없겠지?"

"죄, 죄송합니다! 다시는 그러지 않겠습니다! 정말입니다!"

무인들의 세계는 치외법권 지대나 다름없기 때문에 사실상 경찰들도 무인들끼리의 싸움에는 관심을 두지 않았다.

아마 지금 츠바사가 이들의 목을 벤다면 사건이 명화방 중앙회로 넘어가지 츠바사 개인이 경찰 조사를 받지는 않을 것이다.

이것은 사성회를 사칭한 그들이 먼저 시비를 건 것이고 무인들끼리의 싸움으로 처리되기 때문이다.

괜히 무인 흉내를 냈다가 목숨을 빼앗기게 생긴 청년들이 당장 검을 내려놓았다.

챙그랑!

"사, 살려주십시오! 시키는 것은 무엇이든 다 하겠습니다!"

"그래?"

"무, 물론입니다!"

"그렇다면 옥봉을 찾는 그놈에게로 나를 안내해 줄 수도 있겠군."

"그, 그건 좀……."

"왜? 모가지가 떨어지고 나서야 알려주려고 그러는가?"

"아닙니다! 절대로 아닙니다! 다만……."

"다만?"

"잘못하면 목이 떨어지기 때문에……."

"아아, 그런가? 그럼 여기서 죽든 그놈에게 죽든 죽는 것은 마찬가지겠군."

"……."

"선택해라. 어떻게 할 것인가?"

사내들은 어쩔 수 없이 츠바사의 말에 따르기로 한다.

"저희들이 모시겠습니다!"

"나를 모실 필요는 없어. 그러기도 싫고."

"그, 그럼……."

"옥봉을 찾았다고 기별을 넣어라. 그 이후엔 내가 알아서 하겠다."

"저, 정말입니까? 그렇게만 하면 되는 겁니까?"

"속고만 살았나? 뭔가 더 시켜주었으면 하는 건가?"

"아, 아닙니다!"

"단순한 놈들이군."

치바사는 사내들에게서 핸드폰 하나를 빼앗았다.

"이 핸드폰은 내가 가지고 간다. 놈과 연락이 닿으면 이곳으로 바로 연락해라. 하루 주겠다. 그 안에 연락이 닿지 않으면 명화방에서 너희들을 하나하나 찾아서 죽일 것이다."

"예, 알겠습니다!"

"만약 그놈에게 이 일을 발설했다간……."

"그, 그럴 일 없습니다!"

"당연하지."

츠바사는 손을 내저었다.

"꼴도 보기 싫다! 어서 썩 꺼져 버려!"

"예!"

그는 클럽 매니저에게 홍콩 달러 뭉치를 건넸다.

"이 정도면 보상이 되겠소? 집기가 많이 깨진 것 같지는 않은데."

"괘, 괜찮습니다. 그냥 가시죠."

"아니오. 그래도 무인으로서 그러면 안 되는 것이지요."

"하, 하지만……."

"받으시오."

츠바사는 굳이 돈을 쥐어주고 클럽을 나섰다.

*   *   *

신선도에서의 표류 생활도 어느 덧 4년이 지났다.

하늘에 눈발이 흩날리고 있다.

태하는 추운 겨울임에도 불구하고 얇은 반팔 한 장만 걸치고 무공을 수련했다.

"후우……."

금강지체의 몸이 된 지 오래인 태하는 이미 현경의 경지를 벗어나 자연경의 경지에 이르렀다.

수화불체의 몸으로 불과 물에 강하며 만독불침, 도검불침의 몸으로 독과 칼에 내성을 갖게 되었다.

이제 태하의 몸은 중국 불가에서 말하는 금강불괴의 경지에 도달한 것이다.

―깡깡깡!

태하의 주변에는 금강석으로 만들어진 인형들이 줄을 지어 서 있었는데, 녀석들은 인령진의 최종 진화 형태였다.

이제 태하가 하는 행동을 따라 하는 단순한 인형에서 벗어 나 그의 명령에 따라 움직이고 필요에 따라선 형태도 바꿀 수 있게 되었다.

"검."

―스르르릉

챙!

태하의 한마디에 금강석 인형 중 한 개가 검으로 변하여 그 의 손에 착 달라붙었다.

사신무에는 검법의 구결이 없었지만 주먹을 휘두르거나 장 을 치는 대신 검을 휘두르면 초식이 대체되었다.

"허업!"

주작 구결의 천벌화시가 태하의 손을 통해 뻗어 나갔다.

콰과과과과광!

단 일격에 산 하나가 사라질 정도로 강력해진 태하의 초식 은 쉽사리 출수할 수 없을 만큼 강력했다.

태하는 천벌화시를 전개한 후 곧바로 검을 너클의 형태로 바꾸었다.

"너클."

―스르르릉!

다이아몬드로 만든 푸른색 너클은 태하의 공력에 힘을 더해줄 좋은 무기였다.

쉭쉭

돌 인형에게서 얻은 상승 무공 중에는 보법이 네 개 있었는데, 그 첫 번째 보법은 잠행진이다.

샤샤샤샤샤샥!

잠행진은 태하의 신형이 그림자와 같아지게 만들어주었는데, 현무 구결의 유술을 펼칠 때 아주 유용하게 사용되었다.

그는 자신의 앞에 있는 대련용 금강석 인형에게로 미끄러지듯이 다가갔다.

팟!

―……!

"방심은 금물이다!"

태하는 대련용 금강석 인형의 허리를 잡고 곧바로 공중으로 높이 뛰어올랐다.

"현무, 회오리치기!"

휘리리리리릭!

금강석 인형을 끌어안은 태하의 신형이 시계 방향으로 돌며 회오리바람을 일으키기 시작했다.

붕붕붕붕!

고오오오!

사방에 뇌전까지 흩뿌릴 정도로 강력한 회오리바람이 서서히 거세질 때쯤, 태하가 인형을 데리고 지상으로 떨어졌다.

지상으로 착지할 때 회오리바람을 하나로 응축시켜 거대한 폭발을 일으켰다.

"파!"

콰앙!

유술의 끝이라 할 수 있는 현무 회오리치기를 맞은 금강석 인형은 산산조각이 나버렸다.

쨍그랑!

태하의 눈앞에서 부서져 내리긴 했지만 금강석 인형은 곧 다시 제 모습을 갖추어 태하에게 충성할 것이다.

인령진은 하루에 10개가 넘는 금강석 인형을 재생시켰는데, 태하는 이들을 차곡차곡 쓰러뜨려 작은 조약돌의 형태로 보관하였다.

때론 신발로, 때론 옷으로, 때론 낚싯대로 변형시켜 자신이 사용하고 싶은 물건을 만들어내기도 했다.

태하는 그제야 인령진이 얼마나 귀중한 책인지 깨달았다.

"신선께서 나에게 정말 귀중한 선물들을 주셨구나."

새삼스레 선명의 은덕에 고개가 절로 숙여지는 태하이다.

한차례 수련을 끝낸 태하는 창고에 가득한 주과를 하나 꺼내어 들었다.

우드드득!

"어허, 좋다!"

주과는 원래 영원불멸의 젊음을 주는 영약이지만 태하에게 있어선 그저 여흥거리에 불과했다.

뙤약볕에 놓아두어도 변형이 일어나지 않고 오히려 시원함을 간직한 채 버텨내는 주과는 가장 손쉽게 먹을 수 있는 먹을거리였다.

그는 주과를 씹어 먹으며 생각했다.

"이게 바로 신선놀음이 아니면 무엇이겠어? 그래, 이곳이 왜 신선도인지 이제야 알겠군."

태하는 아무런 걱정도 없고 욕심도 없는 지금 이 상태야말로 진정한 선의 세계라고 생각했다.

그러나 앞으로 6년이 더 지나가면 바깥으로 나가게 될 것이다.

"그래, 더 이상 현실에 안주하면 안 된다. 부모님의 복수를 해야지."

그는 자신의 손에 있는 주과를 내력으로 불태워 버렸다.

화르르르륵!

"…원수들의 심장을 빼내어 피죽을 쑤어 먹겠다. 어머니, 아버지, 이 아들이 어떻게 복수하는지 꼭 지켜봐 주세요!"

그는 계속해서 수련에 박차를 가했다.

*   *   *

늦은 밤, 싸라기눈이 내리고 있다.

휘이이이잉!

태하는 자기 전 청명심법의 상승 무공인 천월심법을 연공하는 중이다.

"후우……."

돌 인형과 싸워서 얻은 천월심법은 오장육부와 근골이 발달하는 청명심법을 뛰어넘어 내공의 증진과 외공을 증폭시켜 주었다.

그뿐만 아니라 오감의 발달과 제육감의 발달까지 이뤄져 눈을 뜨지 않아도 앞을 볼 수 있게 되었다.

스스스스!

그는 눈을 감은 채로 새까만 어둠이 내린 신선도의 풍경을 바라보았다.

"이제 곧 폭설이 내리겠구나."

폭설이 내린다는 것은 이제 곧 겨울이 더 깊어져 한 해가 지나갈 때가 다 되었다는 것을 의미한다.

바로 그때, 태하의 육감이 이질적인 기운을 감지했다.

'금강석 인형도 아니고 바람도 아니고, 그렇다고 사람도 아니구나. 이건……'

태하는 번쩍 눈을 떴다.

피융!

그의 손에서 튀어나간 탄지공이 의문의 형체 바로 옆에 손가락만 한 구멍을 냈다.

퍼억!

"……!"

"죽고 싶지 않은 이상에야 나의 영역에 발을 들일 수가 있나? 네놈은 귀신이냐, 사람이냐?"

태하는 이 섬에 귀신이 있는 것은 아닌지 의심했다.

내단을 품은 잉어가 바다에서 뛰어노는 신선도에 귀신이 있다고 해도 이상할 것이 전혀 없었기 때문이다.

하지만 그의 예상은 보기 좋게 빗나갔다.

파닥, 파닥.

"고래?"

ㅡ꾸우!

태하는 화들짝 놀라서 자리에서 일어났다.

"청림?!"

ㅡ꾸우, 꾸우!

"네가 왜 이곳에 온 거야? 신선께서 다시 신선도를 찾아오신 건가?"

—꾸우…….

"뭐지? 다시 집으로 돌아가기 위해서 온 건가?"

말이 통하지 않으니 답답해진 태하다.

"너와 대화다운 대화를 할 수 있으면 좋으련만."

—…….

바로 그때, 청림의 몸에서 푸른빛이 뿜어져 나왔다.

스스스스스!

청림의 몸이 푸른빛을 점점 더 진하게 뿜어내다가 이내 한 지점이 되어선 그것이 서서히 잦아들기 시작했다.

그리고 잠시 후 청림의 꼬리가 인간의 다리로 변하였고 양쪽 지느러미는 팔로 변하였다.

화아아악!

마침내 청림의 몸통과 얼굴까지 사람의 모습으로 변하였다.

"이제 대화를 할 수 있겠지요?"

"너, 너는…….."

"저는 신수의 딸입니다. 당연히 인간으로 변할 수도 있지요."

"아아!"

청림은 대략 20세 전후의 젊은 여성의 모습을 하고 있었

는데, 머리색이 금색과 파란색을 섞어놓은 듯한 오묘한 색을
냈다.

　팔다리는 길쭉하고 얼굴은 태하의 주먹보다 더 작았다.

　얼마나 얼굴이 작았으면 이 작은 얼굴 안에 이목구비가 다
들어가 있다는 것이 신기할 지경이다.

　절대 인간이 가진 미의 기준으로는 상상조차 할 수 없을 만
큼 아름다운 청림은 푸른색 한복을 입고 있었다.

　그 한복 자태가 짐짓 태하의 눈을 어지럽게 만들었다.

　'그래, 확실히 사람은 아닌 것 같군.'

　그녀가 잠시 넋을 놓은 태하에게 말했다.

　"신선께서 더 이상 저의 보필이 필요 없다고 하시어 당신을
모시기 위해 내려왔습니다."

　"하지만 너는 용왕의 딸이라고 하지 않았나?"

　"그렇습니다."

　"그럼 인간과는 섞일 수 없는 존재가 아닌가?"

　"어차피 용왕님은 선계에 계십니다. 저와 만날 일은 앞으로
없을 겁니다."

　"으음……."

　"당신은 저의 목숨을 구해주셨으니 저의 주인이 되실 자격
이 있다고 생각합니다. 앞으로 제가 당신을 잘 보필하겠습니
다. 받아주시지요."

처음엔 그냥 사람의 말을 잘 알아듣는 고래인 줄로만 알았지, 이렇게 번듯한 사람의 형상으로 변할 줄은 꿈에도 몰랐다.

"나는 어차피 인간계로 나갈 것이다."

"알고 있습니다. 당신이 인간계로 나가면 저도 가겠습니다."

"그래도 괜찮나? 그곳은 공해도 심하고……."

"그런 것쯤은 문제가 되지 않습니다. 제가 밖으로 나간다면 지금과 같은 도술은 부리기 힘들겠으나 무공의 경지로 친다면 대략 현경쯤 되는 힘을 낼 수 있겠지요."

현경이면 어지간한 고수는 발끝에도 미치지 못한다는 소리다.

그녀는 첫 만남에 보인 모습을 떠올리며 겸연쩍은 표정을 지었다.

"그때는 제 위에 몹쓸 것이 걸려서 좀 위험했습니다만 지금은 괜찮습니다. 공력을 다 회복했거든요."

"흠……."

"만약 저를 받아주시지 않는다면 평생 이곳에서 물고기나 잡으며 살아갈 것입니다. 그러다가 쓸쓸한 죽음을 맞이하겠지요. 신선께서는 다시는 이곳에 내려오시지 않을 테니 제가 죽어 없어진다고 해도 아무도 모를 겁니다."

"……."

태하는 그녀의 동행을 만류할 수가 없었다.

"좋아, 대신 조건이 있어."

"말씀하시지요."

"네 신변에 큰 문제가 생길 시엔 다시 신선도로 돌아와야 한다."

"알겠습니다."

"좋아, 그럼 함께 나가자고."

"고맙습니다."

내심 적적하던 차에 청림을 만나서 기분이 좋기는 했지만 이곳을 나갈 때까진 6년이라는 시간이 남아 있다.

"그나저나 앞으론 뭘 하지?"

"그냥 하시던 대로 무공을 수련하시면 됩니다. 심심하면 책을 더 읽을 수 있도록 해드릴까요?"

"책이 더 있어?"

"인체의 혈도에 대한 책과 약초에 관한 책이 있습니다. 아마 5년쯤 공부하면 절반쯤 터득할 수 있지 않을까 싶습니다."

"그렇군."

무공 수련 말고도 또 다른 목표가 생긴 태하이다.

*　　　*　　　*

신선도에 표류한 지 7년이 지나간다.

태하는 약초와 신체의 혈도에 대한 서적을 3년째 읽고 있었다.

이제 태하는 세상의 모든 약초에 대한 지식을 습득하였고, 신체의 혈도 구석구석을 모두 이해하게 되었다.

그는 혈도에 대한 공부와 함께 탄지공과 침술을 연마하여 굳이 손을 대지 않아도 점혈을 할 수 있는 경지에 이르렀다.

그가 탄지공과 침술을 연마한 것은 점혈법을 사용하기 위함이기도 했지만 이것이 의술에 사용될 때엔 아주 큰 효과를 발휘하기 때문이었다.

점혈을 깊이 연구하면 앞으로 마취가 필요 없고 출혈이 없는 수술을 할 수 있게 될 것이다.

더욱이 혈도와 약초를 잘 융합시켜 병을 치료한다면 사람에게 칼을 대는 수술이 대폭 줄어들게 될 터였다.

현대 의학을 배운 태하로선 엄청난 시너지를 발휘하게 된 셈이다.

그는 오늘도 산비탈을 오르며 신선도 산에 자생하고 있는 각종 약초에 대해서 공부하였다.

"이건 천생목이버섯이라는 약초입니다. 위장병에 좋지요."

"으음, 이게 바로 천생목이버섯이구나."

수천 가지의 약초를 눈으로 보고 익히는 것은 결코 쉽지 않은 일이었다.

지금까지 태하가 먹어본 약초의 수는 다 헤아리기도 힘들 지경이지만 그와 함께 먹어본 독초의 종류도 수천 가지이다.

오히려 약초보다 독초를 먹어본 기억이 더 많을 정도이니 이제는 독에도 깊은 조예가 생겼다.

그는 평생을 독만 연구한 사람보다 훨씬 더 뛰어난 지식을 갖게 되었는데, 청림이 가진 독초의 지식을 모두 전수 받았기 때문이다.

태하는 대한민국, 아니, 전 세계 최초로 약초와 맹독에 정통한 외과의사가 된 것이다.

천생목이버섯이 태하가 공부하는 마지막 약초였다.

그동안은 청림이 도술로서 신선도의 산에 갖가지 약초를 자생시켜 수천 가지의 약초를 몇 번이고 반복하여 익혔다.

이제 천생목이버섯까지 익혔으니 약초학은 전부 다 빠짐없이 습득한 셈이다.

"고생 많으셨습니다. 이제 약초와 독초를 전부 다 익히셨군요."

"다 네 덕분이지."

"아닙니다. 이 정도 양을 다 익히려면 적어도 10년 이상 걸릴 텐데 워낙 집중력이 좋고 이해도가 높아서 수월했습니다. 정말 타고나셨군요."

"하하, 그렇게까지 칭찬을 할 필요는 없는데 말이지."

약초와 독초에 대한 공부를 끝냈으니 이제는 그것들을 활용하여 약을 만드는 공부를 할 차례다.

"앞으로는 약을 제조하는 공부를 하시지요. 그에 대한 지식은 저에게 있습니다."

"부탁할게."

신선도에서 태하는 진정한 무인으로 거듭났지만 그와 동시에 완벽한 의술을 사용하는 의사로 다시 태어나고 있었다.

*   *   *

신선도의 달은 아주 느리게 움직인다.

무려 10년에 걸쳐서 밀물과 썰물이 교차될 정도이니 그 움직임이 얼마나 느린지 알 수 있을 것이다.

이곳에서의 생활도 이제 9년이 넘어간다.

태하는 약초와 독초를 활용하는 방법에 대해 완벽하게 터득하였고, 약초를 가지고 생약을 만드는 경지에 이르렀다.

그는 이제 마음만 먹으면 약초로 사람을 죽이고 살릴 수 있게 된 것이다.

늦은 밤, 태하와 청림이 밝은 달을 바라보고 있다.

금강석 인형으로 만든 평상에 앉은 청림은 태하에게 드디어 때가 되었다고 말했다.

"곧 썰물이 시작될 겁니다. 밖으로 나갈 준비를 하시지요."

"벌써 세월이 그렇게 흘렀나?"

"네, 주인님."

"그나저나 준비랄 것이 있나? 우리는 그저 스치듯 왔다가 사라지는 존재인데 말이야."

"그건 그렇지만 10년 동안 살던 이 집을 떠나는데 그냥 떠날 수야 있나요?"

"으음, 그건 그렇군."

그녀는 태하에게 작은 보따리 하나를 내밀었다.

"받으시지요."

"이게 뭐야?"

"신선께서 이곳을 떠날 때 선물로 주라고 하셨습니다."

"선물이라… 이 집을 사용하게 해주시고도 또 선물을 주신다고?"

"논과 밭을 일구시고 주과 농장도 가꾸셨잖아요. 그에 대한 대가라고 하십니다."

"흠, 그래?"

태하는 그녀가 건넨 보따리를 열어보았다.

휘이이이잉!

보따리 안은 태하가 생각하는 것보다 훨씬 넓었다.

"안에 공간이……."

"무엇이든 담을 수 있습니다. 주인님을 위한 무한의 창고라고나 할까요?"

"무한의 창고?"

"안에 손을 넣어보시면 알겠지만 창고의 공간에는 끝이 없습니다."

"아아!"

그녀의 말대로 보따리 안에는 과연 끝을 알 수 없는 크기의 아공간이 자리 잡고 있었다.

"속세에서 아주 유용하게 쓰일 것이라고 말씀하셨습니다."

"너무나 감사한 일이군. 이런 물건을 나에게 선뜻 내어주시다니, 뭐라 감사를 드려야 할 지 모르겠어."

"10년이나 대신 일을 해주셨는데 이 정도는 받아도 되지 않을까요?"

"후후, 그런가?"

청림은 태하에게 몇 가지 조언을 해주었다.

"내일부터 신선도를 돌아다니면서 이곳에서 자주 드시던 것들의 근간을 채취해서 이곳에 넣으세요. 아직 영글지 않은 것들은 신선도를 빠져나갈 수 있거든요."

"으음, 그래?"

"아직 도기를 머금지 않았으니 도기 장막의 영향을 받지 않지요."

"좋아, 그렇다면 내일부터 조금 바쁘게 움직여야겠군."

"하지만 욕심은 부리지 마세요. 과유불급입니다."

"물론이지."

두 사람은 내일부터 이곳을 빠져나갈 준비를 하기로 했다.

*　　　　　*　　　　　*

청림은 신선도에 있는 모든 것에 그 뿌리가 있다고 말했다.

주과나 영지초, 심지어 지하에서 용천되는 공청석유에도 뿌리는 있었다.

공청석유는 선계 지하를 구성하는 대지 원석으로부터 그 영향을 받아 생성되는데, 만약 태하가 대지 원석을 캐내어 보따리에 보관해 나갈 수 있다면 속세에서도 공청석유를 받아 마실 수 있게 될 것이다.

깡, 깡, 깡!

아침부터 금강석 인형들을 동원하여 대대적으로 땅을 판 태하는 대략 15미터쯤 아래로 내려가 대지 원석을 캐내었다.

쿠그그그그!

대지 원석은 그냥 캘 수가 없고, 청림처럼 도기가 충만한 사람이 그 내력을 뿜어내야 캐낼 수 있었다.

그녀의 손길이 닿자 대지 원석이 얇은 막에 싸여 태하의 가방 안으로 들어갔다.

"이제 이것을 지하수가 흐르는 곳에 심기만 하면 되는 건가?"

"아니요. 몇 가지 조건이 있습니다. 공청석유가 되는 물은 기본적으로 산의 정기를 머금어야 하고 근방 100리 안에 물길을 가로막는 지층이 있어야 합니다. 고인 물은 썩게 마련이라고 하지만, 공청석유는 다릅니다. 100리 밖에서부터 외부의 기운이 들어오면 공청석유는 생성되지 못합니다."

"으음, 그렇군."

"그 밖에 청명한 공기와 사람의 손이 닿지 않은 청정의 자연환경이 필수입니다."

"알겠어."

지름 5미터의 대지 원석을 캐낸 태하는 어제부터 잘 말려놓은 주과의 말랭이를 가지러 초가집의 지붕으로 올라갔다.

주과는 그 씨앗을 그냥 사용할 수 없고, 씨앗을 하루 동안 잘 말렸다가 파종할 때 공청석유와 함께 묻어주어야 한다.

공청석유는 이미 얻었으니 주과의 열매만 잘 말려서 가지고 나가면 충분히 과실을 수확할 수 있을 것이다.

태하가 주과 말랭이를 챙기는 동안 청림은 자신이 뒷산에 파종해 둔 약초의 씨앗을 받아다 보따리에 담았다.

"각각 열 개씩 씨앗을 받았습니다. 지금까지 공부한 약초와 독초가 다 들어 있으니 나중에 필요할 때 파종해서 쓰십시오. 공청석유로 키워내면 족히 일주일이면 뿌리를 약용하실 수 있을 겁니다."

"고마워."

이제 이곳을 떠날 모든 준비가 끝났다.

태하는 수많은 금강석 인형을 하나의 팔찌로 만들어 팔에 착용했다. 그리고 인령진의 책자는 아공간에 잘 보관하였다.

인령진은 펼치는 즉시 인형들이 생성되기 시작하니 앞으로는 함부로 책장이 넘어가지 않도록 주의해야 할 것이다.

철컥!

신선이 준 보따리와 인령진은 이제 태하의 영혼과 연결되었기 때문에 그가 죽어 사라지지 않는 한 계속해서 그를 따라다니게 될 것이다.

금강석 인형들은 이제 미우나 고우나 태하의 식구가 된 셈이다.

모든 일을 마치고 나니 어느덧 해가 지고 있다.

"삼 일입니다. 삼 일 후엔 이곳을 떠나야 합니다."

"알고 있어."

10년 동안 이곳에서 살아온 세월이 주마등처럼 스쳐 지나가며 아쉬움이 드는 태하이다.

하지만 그는 밖에서 해야 할 일이 있었다.

'앞으로 나아가는 일만 남았군.'

드디어 세상 밖으로 나가 뜻을 펼칠 수 있게 된 태하이다.

삼 일 후, 금빛 줄무늬를 가진 고래로 변신한 청림이 태하를 등에 태운 채 신선도의 앞바다를 부유하고 있다.

우르릉, 콰앙!

"엄청난 폭우가 몰아치는구나."

—꾸우, 꾸우!

오늘은 신선도에 음기가 가장 충천할 때라서 천둥과 번개를 동반한 폭우가 몰아치고 있었다.

아마 그녀와 떨어지게 되면 제아무리 무공의 고수라고 해도 결코 살아남을 수 없을지도 모른다.

그녀는 그에 대비하기 위해 금강석 인형을 안전벨트로 변신시켜 태하와 자신을 연결시켰다.

아마 두 사람 모두가 폭풍에 휩쓸려 죽는다면 몰라도 따로 떨어질 일은 절대로 없을 것이다.

잠시 후, 신선도의 물이 빠르게 빨려 나가기 시작했다.

쏴아아아아!

"썰물이다!"

—꾸우!

그녀의 지느러미가 서서히 물살을 갈랐고, 두 사람은 썰물을 타고 신선도에서 점점 멀어져 갔다.

고오오오오!

썰물이 신선도에서 10㎞쯤 멀어졌을 때, 주변에 엄청난 양의 스파크가 생겨났다.

치지지지지직!

"이것이 바로 신선도를 막아서고 있는 선기의 장막이구나!"

이곳을 지나가게 되면 신선도에 있는 영물과 선단 등은 전부 타서 없어지게 된다.

하나 아직 영기가 깃들지 않은 씨앗들과 인령진, 신선의 보따리는 영향을 받지 않는다.

빠지지지직!

한차례 뇌전이 태하를 스쳤으나 그의 몸은 아무런 이상이 없었다.

하지만 청림은 도기의 극심한 타격을 받았다.

―꾸우, 꾸우!

그녀의 몸을 감싸고 있던 얇은 선기의 장막이 사라지며 청림의 몸이 인간의 모습으로 돌아왔다.

하지만 생명에는 지장이 없어서 무공만 잘 운신하면 어지간한 고수보다도 훨씬 뛰어난 무인이 될 것이다.

두 사람은 신선도에서 점점 멀어지기 시작했다.

스스스스스스!

이제 슬슬 썰물이 끝나고 다시 밀물이 시작되려 한다.

바로 그때, 두 사람의 앞에 푸른색 아공간이 모습을 드러냈다.

지이이잉!

"이곳이 바로 신선도의 출구구나!"

—꾸우!

그녀는 전속력으로 아공간의 틈으로 달려갔고, 두 사람은 순식간에 자취를 감추었다.

제6장

귀환

마카오 그랜드 호텔 스카이라운지로 사성회와 명화방의 고수들이 모여들었다.

이들은 이번 김명화 일가의 참변에 대해 조사하고 당문이 가지고 있는 일말의 의혹을 벗겨낼 계획이다.

사성회의 부회장이자 사성회 원로 제자들의 대사형인 이세민이 조사단의 총괄을 맡았다.

이세민은 명화방의 대표인 장수원에게 조사단의 도착에 대해 물었다.

"인원은 다 모이셨습니까?"

"문하 중 한 명이 모이지 않습니다. 어제 홍콩으로 갔다고 하는데 어쩐 일인지 연락이 닿지 않는군요."

"흠, 그렇군요."

장수원은 어젯밤에 단독으로 홍콩행을 결행한 츠바사에 대한 징계를 생각 중이다.

맹목적인 복수에만 눈이 멀어 사사로이는 사백이자 외백부의 말을 무시하고 대열을 이탈한 그를 용서할 수가 없었던 것이다.

"…녀석은 저희가 알아서 찾겠습니다. 조사를 시작하시죠."

"괜찮겠습니까? 만약 돌발 행동을 벌이면 곤란해질 텐데요."

"죄송합니다. 제 문하는 빠른 시일 내에 정리하겠습니다."

"그래요, 부회장께서 알아서 잘하시겠지요."

이세민은 연배로 보나 항렬로 보나 가장 나이가 많기 때문에 장수원 역시 조심스럽게 대할 수밖에 없었다.

그는 가장 먼저 조사할 곳으로 당문의 본거지로 예상되는 상하이를 지목했다.

"당문의 본거지는 그 행방을 찾기가 힘듭니다. 그러니 아주 은밀히 정보를 모으고 그들에게 접근해야 할 줄로 압니다."

"그러나 부회장님, 뭔가 하나 석연치 않은 구석이 있습니다."

"무엇이냐?"

이세민의 제자이자 그룹의 유통이사를 맡고 있는 전민우가 대외 세력의 개입에 대한 의혹을 제기하였다.

"김명화 총괄이사의 검술은 당대 최고로 손꼽힙니다. 그의 사성권법 역시 가히 일품이지요."

"그래, 명화의 재능은 우리 그룹 최고이지."

"그런 그를 죽이고 장희원 교수까지 살해할 수 있다는 것은 조금 석연치 않은 부분이 있습니다."

"흐음, 그래. 대외 세력의 개입을 생각하지 않을 수 없지."

"아무리 당문이 세력을 키워봤자 뒷골목 건달들의 뒷배일 뿐입니다. 그런 당문이 부부를 살해하고 아들까지 죽였다는 것은 말이 되지 않습니다."

그의 의견에 모든 조사단이 긍정했다.

그중에서도 명화방 영업이사이자 여류협객 장희원의 제자 박미현이 대동소이한 의견을 내어놓았다.

"어쩌면 중국 내 다른 세력을 교섭해서 끌어들였을지도 모르지요."

"다른 세력이라⋯⋯."

"청성파나 백명회 정도의 세력이라면 생각을 해볼 만합니다. 그들이 뒤를 봐준다면 충분히 가능성이 있지요. 아무리 두 부부의 검술이 고강하였다곤 하나 독에 중독된 상태에서 수많은 고수들과 싸워 이길 수는 없었을 겁니다."

"그렇다면 그들의 전력에도 큰 공백이 생겼겠군요."

"아마 그럴 겁니다. 두 부부의 검술을 꺾을 수 있는 사람은 그리 많지 않습니다. 각 세력의 고수들이 어떻게 지내고 있는지 알아본다면 일이 쉽게 풀리지 않을까요?"

"그건 그렇군요."

이세민이 전민우에게 물었다.

"강남서에서 보내온 부검 결과엔 뭐라고 적혀 있나?"

"사인은 신경독에 의한 쇼크와 자상 출혈에 의한 심정지입니다. 예상되는 흉기는 대략 35㎝ 길이의 단검입니다. 아마도 음식에 신경독을 타서 중독시킨 것이 아닌가 예상된답니다. 독을 주입했을 만한 주사 자국이나 피부 표피에 흡수되는 독극물의 흔적이 없다고 하는군요."

"그렇다면 검에 독이 발라져 있을 수도 있겠군."

"예, 그렇습니다."

김명화가 맞은 칼은 보통 무인들이 사용하는 일반적인 검보다 대략 절반쯤 길이가 짧았기 때문에 누가 보아도 당문의 소행으로 볼 수밖에 없었다.

"타박상이나 찰과상의 소견은 어떤가?"

"꽤나 묵직한 둔기로 친 것 같다고 합니다."

"묵직한 둔기라?"

"공사용 해머나 쇠망치 정도 될 것으로 보인답니다."

장수원은 망치라는 말에 백명회의 일화신장을 떠올렸다.

"일화신장에 맞으면 꼭 망치에 맞은 것 같은 느낌이 듭니다. 제가 20년 전에 백명회 제자와 겨루었을 때 맞아봐서 잘 압니다."

"흐음, 그렇다면 이번 사건에 백명회도 개입되었다는 소리가 되는군요."

"어쩌면 자상을 내고 독을 쓴 것은 트릭일 수도 있겠습니다."

이세민은 자신이 가장 껄끄러운 일을 처리하기로 한다.

"좋습니다. 그럼 제가 백명회를 찾아가겠습니다. 부회장께선 당문을 추격해 주십시오."

"괜찮으시겠습니까? 어차피 일면식도 있고 하니 제가 찾아가는 편이 낫지 않겠습니까?"

"아닙니다. 이런 일일수록 모르는 사람이 따지는 편이 낫지요."

"알겠습니다. 부회장님의 뜻이 그러하다면 그리하시지요."

이세민은 특유의 부드럽고 강단 있는 목소리로 말했다.

"이제부터 두 갈래로 나뉘어 움직입시다. 박미현 이사께서 대외 세력이 개입했는지 알아보고 부회장님께선 당문을 쫓아주십시오. 저는 백명회를 찾아갑니다."

"알겠습니다."

그의 지시하에 조가 편성되는데, 전민우가 이세민에게 말했다.

"저, 사부님, 드릴 말씀이 있습니다."

"……?"

전민우가 박미현을 지그시 바라보자 그녀는 살며시 볼을 붉혔다.

그제야 이세민과 장수원이 너털웃음을 지으며 그 둘을 붙여주었다.

"아하하! 내가 깜빡하고 있었구면. 이 늙은이가 눈치가 좀 없어."

"전민우 이사, 박미현 이사를 따라서 움직이시지요."

"감사합니다!"

전민우와 박미현은 아주 오래전부터 함께 사랑을 속삭여 온 사이다.

전 세계 각 문파를 돌아다니면서 무공을 배우고 겨루면서 사랑이 싹튼 두 사람은 이미 결혼을 약속한 사이였다.

두 부회장이 그런 두 사람을 눈치 없이 떼어놓으려 한 것이다.

"좋을 때군."

"자, 그럼 움직입시다."

조사단은 세 갈래로 나뉘어 움직였다.

장수원은 츠바사의 누이동생인 렌에게 그의 행적에 대해 물었다.

"아직도 네 오라비는 연락이 없느냐?"

"네, 외삼촌."

"이놈, 끝까지 말썽이군."

"제가 한번 찾아볼까요?"

"아니다. 이런 때일수록 단독 행동은 금하는 것이 좋아. 너는 앞으로 내 옆에서 떨어지지 말거라."

"네, 외삼촌."

어려서부터 독단적인 행동을 좋아하던 츠바사는 부모는 물론이고 백부와 숙부들의 속을 꽤 썩이고 다녔다.

무공에 대한 이해도가 높고 어린 나이에 성취가 높아서 차차기 명화방주로 거론되기도 하는 츠바사이지만 리더로서의 자질은 낮은 편이었다.

그는 자신의 조카 렌 대신에 명화방 7대 원로인 천하랑에게 도움을 청하기로 했다.

천하랑은 중국 남부의 사업과 던전 운영을 총괄하고 있기 때문에 아마도 칭타오에 기거하고 있을 터였다.

"천하랑 사백께 이 일을 부탁할 테니 너는 걱정하지 말고 네 일에 집중하여라."

"네, 알겠습니다."

그는 천하랑에게 사람을 보내어 이 일에 대해 보고하고 도움을 받기로 했다.

　　　　*　　　　*　　　　*

명화방의 7대 원로이자 총괄이사인 천하랑은 모리시타 가문의 츠바사가 없어졌다는 소식을 들었다.

그는 방에서 일어나는 골치 아픈 사건을 해결하고 없어진 사람들을 찾아주는 등, 해결사 노릇을 40년째 해왔다.

겉모습으론 아직 40대 중반으로밖에 보이지 않지만 그 목소리는 노인의 것이었다.

"…아직도 방에 내 힘이 필요하단 말인가?"

얼마 전에 칠순을 맞은 천하랑에게 이런 부탁을 한다는 것은 아직까지 명화방이 그에게 의지하고 있다는 뜻이기도 했다.

그는 한숨을 내쉬었다.

"마음대로 은퇴도 못 하게 하더니 다 이유가 있던 것이군."

투덜거리면서도 방의 일원이 사라졌다는 소리를 들으니 가만히 있을 수가 없는 천하랑이다.

그는 자신의 충복인 혜령을 불렀다.

"혜령."

"예, 장로님."

"츠바사라는 녀석을 알고 있나?"

"몇 번인가 얼굴을 본 적이 있지요."

"놈이 사라졌다고 한다. 수소문해 보도록."

"예, 알겠습니다."

천하랑은 깊은 한숨을 내쉬었다.

"휴우, 츠바사 그놈, 태어나서 지금까지 제대로 말을 들은 적이 한 번도 없군그래. 그런 천방지축보다는 희원이의 슬하에서 태어난 태하가 더 차차기 방주로 제격인데 말이지."

방의 후계자를 정하는 일은 상당히 중요하기 때문에 머리를 맞대고 평생을 고민해야 할 문제였다.

명화방은 어떤 한 가문보다는 방 내의 여러 가문에서 자질이 충분한 사람을 찾아내는 방식을 택했기 때문에 선택의 폭은 충분히 넓다고 할 수 있다.

그러나 문제는 김명화 부부와 그 아들이 죽었으니 그가 선택할 수 있는 길이 하나로 줄어들었다.

그는 만약 태하가 살아 있다면 다시 한 번 그 얼굴을 보고 싶었다.

"너무 오래 살아서 좋지 않은 것은 못 볼 꼴을 너무 많이 본다는 것이지. 이래서 내가 은퇴를 하고 싶었던 것인데……."

천하랑은 이번 일을 마지막으로 은퇴를 결심하였다.

이제 그의 결심은 다신 흔들리지 않을 것이다.

지이잉!

슬슬 자리를 정리하고 숙소로 돌아가려는데 그의 핸드폰이 울렸다.

장지원

츠바사의 모친인 장지원이 그에게 전화를 걸어왔다.

"그래, 나다."

—흑흑, 장로님, 지원이입니다!

"알고 있다. 이 시간에 무슨 일이냐?"

—제 아들이 사라졌다고 합니다! 알고 계십니까?

"그래, 잘 알고 있다."

—어떻게 합니까?! 이젠 어떻게 해요?!

"진정하여라. 안 그래도 내가 사람을 보내어 찾아보고 있단다. 조만간 행적이 드러나겠지."

—…괜찮을까요?

"당문에 대해 조사하다가 그리 되었다고 하지만 뭐 그리 큰일이 있겠나 싶구나."

—조사단은 오빠가 문하들을 데리고 이제 조사에 착수하였다고……

"또 단독행동을 한 것이지."

—…….

"너무 걱정하지 마라. 네 오라비가 조사를 벌인다면 본거지가 곧 드러날 것이다."

─다 제 탓입니다.

"그게 어찌 네 탓이냐? 츠바사 그놈이 워낙 유별난 탓이지."

─아니에요. 제가…….

"……?"

─…아무튼 제가 너무 큰 결례를 범했네요. 이번 사건도 아무쪼록 잘 처리해 주셨으면 좋겠습니다.

"그래, 걱정하지 말고 푹 쉬어라."

─예, 장로님.

전화를 끊은 천하랑은 그녀의 목소리가 평소와 다른 것이 마음에 걸렸다.

그는 방의 본사 비서실장에게 전화를 걸었다.

"날세. 천하랑."

─예, 장로님. 이 시간에 어쩐 일이십니까?

"지원이를 좀 보살펴 주게. 상태가 별로 안 좋은 것 같군."

─장지원 이사 말입니까?

"그래, 많이 힘든 것 같아. 자네가 친하니 좀 챙겨줘."

─알겠습니다. 인도 지사에 연락을 취하겠습니다.

"인도? 웬 인도?"

─인도로 출장을 갔습니다. 아마 일주일 후에 돌아올 텐데

그때까지 지사의 비서실이 수행하도록 하겠습니다.

"본사 마케팅 본부장이 인도로 출장이라… 그쪽에 새로운 프로젝트가 진행되고 있던가?"

─그건 아닙니다만, 그쪽 회사에서 합작 프로젝트를 제안했다고 하더군요.

"우리와 합작을? 나도 아는 곳인가?"

─아닙니다. 신룡기획이라고, 신생 회사랍니다. 매니지먼트와 엔터테인먼트를 주력으로 한다는데 저도 처음 들어봅니다.

어지간해선 본사에서 잘 움직이지 않는 마케팅 본부장이 인도까지 출장을 갔다니, 더구나 이름도 못 들어본 회사와 미팅까지 한다는 것은 이례적인 일이다.

천하랑은 아들의 행방을 잃었음에도 불구하고 출장을 수행하는 그녀가 측은하면서도 신룡기획에 대해서 궁금해졌다.

"아무튼 잘 알겠네. 수고하게."

─예, 장로님.

전화를 끊은 그는 중국 뒷골목의 지인을 만나기 위해 발걸음을 옮겼다.

*   *   *

8월의 여름, 아르헨티나 기상청은 제9호 태풍 알루나가 북상 중임을 밝혔다.

초대형 태풍인 알루나는 직경 1,350㎞에 중심 기압은 901핵 토파스칼로 역대 태풍 중에서 가장 강력할 것으로 관측되고 있었다.

전문가들은 태풍 알루나의 위력에 대하여 '메가톤급 자연재해'라고 언급하기도 하였다.

우르릉, 콰앙!

태풍 알루나가 아르헨티나 안데스산맥을 가로지르면서 엄청난 폭우와 풍랑을 동반하였다.

알루나의 세력권 안에 든 항구와 선착장은 전부 출항이 금지되었으며 도서 산간 지방에는 산사태 주의보가 발령되었다.

아르헨티나 북부의 작은 마을 드마르타에 때 아닌 비상이 걸렸다.

위잉, 위잉!

―주민들께선 신속하게 대피하여 주시기 바랍니다! 다시 한번 알려드립니다.

드마르타는 주민들의 대부분이 농업이나 광업에 종사하는 아주 작고 단란한 마을이지만 아주 오래전부터 크나큰 고민거리가 하나 있었다.

남미대륙 최대의 몬스터 출몰 지역인 아르헨티나 북부 지역의 던전에서 쏟아져 나오던 몬스터들이 최종 저지선을 넘어

드마르타까지 내려온 것이다.

던전을 수비하는 시스템 자체에는 문제가 없었지만 던전 내부에서 생겨난 구멍이 마을까지 이어져 온 것이 문제였다.

전문가들은 수백 번의 탐사를 거쳐 던전에 생겨난 구멍을 찾아내려 노력했으나, 길이 35㎞의 지하 던전에서 그 작은 구멍을 찾기란 역부족이었다.

아르헨티나 북부 지역 던전에 투입된 무인 단체는 총 12개로, 그중에는 1군 세력으로 분류되는 명화방과 사성회, 무당파 등도 있었다. 하지만 북부 지역에 발이 묶인 상태로 지속적인 사냥을 이어가야 하는 그들로선 드마르타까지 지원을 오기가 힘들었다.

드마르타 지역 주민들은 소형 무인 집단에게 외주로 구멍을 관리하도록 하였으나 수비 진영이 번번이 무너져 버렸다.

특히나 오늘과 같이 자연재해라도 터지는 날엔 어김없이 주민 대피령이 떨어지게 마련이었다.

드마르타 인근에 주둔 중인 아르헨티나 보병 부대가 주민들을 인솔하여 전술 차량에 탑승시키는 중이다.

"마리오, 모두 다 태웠나?"

"예, 중대장님!"

"좋아, 그럼 어서 출발하지!"

군인들이 전술 차량의 해치를 닫고 출발하려는 찰나, 한 여인이 미친 듯이 울기 시작했다.

"아아, 안 됩니다! 저는 갈 수 없어요!"

"무슨 일입니까?"

"중대장님, 제 쌍둥이 딸들이 아직 마을에서 빠져나오지 못했어요!"

"…예?!"

"어느 정도 나이가 찼기에 알아서 잘 따라오려니 생각했지만 그게 아니었던 모양이에요! 흑흑, 어떻게 하죠?!"

"……."

대피중대장은 결단을 해야 했다.

"어머님, 일단 저희들과 함께 가시죠. 수색은 1개 소대를 통하여 실시하겠습니다."

"안 됩니다! 제가 함께 가서……."

"진정하고 제 말을 들으세요. 어머님이 따라갔다가 괜히 소대가 위험에 빠지면 따님들을 구하지 못할 수도 있습니다."

"흑흑!"

중대장은 그녀를 주민들에게 맡기고 병력을 지휘하기 시작했다.

"제1소대!"

"예, 중대장님."

"1소대가 수색을 실시한다! 나머지 병력은 안전지대까지 주민들을 호송하고 다시 전열을 가다듬어 수색대와 합류할 수 있도록!"

"예, 알겠습니다!"

"1소대장, 나를 따라오도록."

"중대장님께서 직접 가십니까?"

"중대장이 되어서 어떻게 부하들만 사지로 내몰 수가 있겠나? 함께 가지."

"그렇지만⋯⋯."

"자네들이 죽으면 어차피 가야 할 곳일세. 그렇게 감동할 필요 없어."

1소대장은 실소를 흘렸다.

"후후, 그건 그렇습니다."

"자, 가지."

"예! 1소대, 전술 대형으로!"

대피중대 1소대가 중대장을 따라서 천천히 수색을 시작했다.

*　　　*　　　*

어두컴컴한 동굴 안.

태하는 깨질 듯이 아파오는 머리를 부여잡고 간신히 눈을 떴다.

"으음……."

그는 침침한 눈을 비비며 고개를 돌렸다.

주변은 온통 새까만 어둠뿐이고 잡히는 것은 고작 해봐야 자잘한 모래뿐이다.

태하는 이게 어떻게 된 영문인지 몰라 고개를 갸웃거렸다.

"분명 바다로 나갔는데 어째서 동굴에 떨어져 내린 것이지? 도대체 뭐가 어떻게 된 거야?"

그는 자신의 기혈부터 살폈다.

스스스스!

태하는 기혈 몇 군데가 막혀 있음을 알 수 있었다.

'혈자리 열 개가 막혔구나. 운기를 해서 녹여내야겠어.'

진기를 한차례 운기하자 곳곳에 막혀 있던 혈도가 뚫리면서 평소의 컨디션을 회복했다.

아무래도 선기의 장막을 넘으면서 몸이 어떻게 된 모양이다.

"들어가는 것도 쉽지 않고 나오는 것도 쉽지 않군그래."

이 세상의 모든 이치가 그러하듯 들어갈 때 힘들던 곳은 나올 때 역시 쉽지가 않은 법이다.

그는 자신의 곁에 있어야 할 청림을 불러보았다.

"청림! 청림!"

그녀의 대답 대신 돌아오는 것은 메아리뿐이다.

아무래도 뭔가 일이 잘못된 것 같았다.

태하는 그녀를 찾아서 길을 떠나기로 했다.

화르르륵!

내력으로 불을 피운 태하는 금강석 인형을 등잔으로 만들었다.

금강석 인형의 경지도 이미 현경에 이르고 있으니 불을 유지하는 것쯤은 별것 아닐 터였다.

그는 대낮처럼 밝아진 동굴의 전경을 살폈다.

이곳은 자연적으로 생겨난 동굴은 아닌 듯 사방에 폭발의 흔적과 무언가로 흙을 파낸 흔적이 많았다.

그 흔한 석순 하나 보이지 않는 것이 상당한 이질감을 준다.

"감이 좋지 않군."

그의 작은 읊조림을 누가 듣기라도 한 것일까?

태하가 느낀 이질감은 이내 위협으로 그 모습을 드러냈다.

키헤에에엑!

"아뿔싸! 이곳은 인간이 파놓은 동굴이 아니었구나!"

그제야 태하는 이곳이 던전이라는 것을 깨닫게 되었다.

사방에서 몰려든 몬스터들의 형태는 박쥐 몸통에 인간의 머리가 달려 있었다.

놈들은 아무래도 주변 마을을 돌면서 사람들을 잡아먹은 것으로 보였다.

이빨에는 사람의 것으로 보이는 살점과 피가 덕지덕지 붙어 있었다.

"죽이는 데 신경을 쓰지 않아도 되니 편하겠군."

그는 금강석 인형으로 검을 만들고 양쪽 팔에 갑바까지 둘렀다.

챙!

태하는 천천히 청룡의 기운을 끌어올렸다.

스스스스스!

그러자 주변에 모여 있던 진기가 한 지점으로 모여들어 청룡의 형상을 만들어 나가기 시작했다.

츠츠츠츠!

크아아아앙!

몬스터들은 태하가 만들어낸 청룡의 형상을 보고 혼비백산하여 달아나기 시작했다.

끼헥. 끼헥!

"도망을 치시겠다? 흥, 어림도 없는 소리지!"

태하의 검에서 뿜어져 나온 청룡진각이 사방에 진동을 일으키며 몬스터들을 마구 찢어발기기 시작했다.

"청룡진각!"

크아아아아앙!

마치 맹수가 먹이를 사냥하듯 자유롭게 날아다니면서 몬스터의 몸을 뜯어 먹은 청룡진각은 시간이 지나면 지날수록 강력해져 사방을 지배하였다.

뚜둑, 뚜둑!

끄헤엑!

청룡진각이 씹어 먹은 시신은 다시 태하에게로 흡수되어 내력을 증진시키고 기력을 회복해 주었다.

단 10초 만에 50마리가 넘는 몬스터를 먹어치운 청룡진각은 주변이 잠잠해지고 나서야 다시 태하에게로 돌아왔다.

"후우……."

내력을 갈무리한 태하는 바닥에 흩어져 있는 몬스터의 코어를 몇 개 주워 들었다.

가공 전의 코어는 마치 인간의 심장처럼 살아서 숨을 쉬기 때문에 일반인은 이것을 생으로 사용할 수가 없다.

두근두근!

그는 이것을 잘 챙겨두었다가 혹시나 생길지 모를 비상사태에 대비하기로 했다.

태하가 주워들기로 원래 몬스터의 코어는 무인들이 내상을 치유하는 상비약으로 사용했다고 하니 가지고 있으면 분명 큰 도움이 될 것이다.

태하는 다시 바람이 불어오는 방향을 따라 걷기 시작했다.

휘이이잉!

상당히 차갑고 축축한 바람이 불어오는 것을 보니 밖에 비가 오거나 근방에 수맥이 흐르는 것 같다.

둘 중에 무엇이 되었든 간에 불과 100미터 앞에 새로운 무언가가 있음이 분명했다.

태하는 사신무의 보법 중에서 귀영보를 전개하였다.

스스스스스!

귀영보는 어둠과 하나가 되어 그림자 속에 녹아 움직일 수 있는 보법이다.

어둠 속에 짙게 녹아든 태하는 천장으로 올라가 전방의 상황을 살폈다.

파밧!

동굴 천장에 붙어서 보니 그의 앞에 펼쳐진 위협이 모습을 드러냈다.

크르르르릉!

"어, 언니……."

"……."

태하는 바로 앞에 쌍둥이로 보이는 소녀들과 청림이 함께 있는 것을 목격했다.

청림의 입에선 새빨간 선혈이 흘러내리고 있었는데, 아무래도 커다란 내상을 입은 것으로 보였다.

"저대로 내버려 두었다간 봉변을 당하겠군."

세 사람의 앞에는 머리가 네 개 달린 거대한 이무기가 똬리를 틀고 앉아 있었다.

조만간 이무기가 그녀들을 잡아먹기 위해 달려들 것으로 보였다.

태하는 검을 뽑아 들었다.

챙!

그는 사신무의 보법 중 섬광진을 발동시켜 순식간에 이무기의 머리를 스치듯 베어냈다.

서격!

크아아아앙!

거대한 이무기의 머리가 바닥으로 떨어져 내리자 청림의 얼굴이 밝아졌다.

"주인님!"

태하는 그녀에게 잠시 눈인사를 건네고 다시 이무기에 온 신경을 집중시켰다.

이무기는 자신의 대가리가 잘렸다는 것을 깨닫곤 태하를 향해 남은 세 개의 아가리를 한꺼번에 벌렸다.

쿠오오오오!

이무기의 아가리에선 푸른색 뭉게구름 같은 것이 쏟아져

나왔는데, 그 안에는 엄청난 공력이 녹아들어 있었다.

모든 것을 파괴하는 이무기의 숨결이지만 태하에겐 그저 스치는 바람과 같았다.

"이놈, 여기 앉아서 사람들을 잡아먹고 있던 것이구나! 단칼에 죽여주마!"

태하의 검이 검붉은 불길을 뿜어냈다.

"주작 흑태화결!"

콰지지지직!

암전을 품은 흑태화결은 적의 몸에 달라붙어 진기를 빨아먹으며 서서히 불태워 죽이는 초식이다.

그의 손에서 뻗어 나간 초식이 이무기를 순식간에 태워 나간다.

치이이이익!

마치 강산성 물질에 생살이 녹아들 듯 사방에 시큼하고 비릿한 냄새가 진동하였다.

크앙, 크앙, 끄오오오오오!

이상한 소리를 내며 괴로워하던 이무기에게 태하는 마지막 일격을 선사했다.

"주작, 천벌화시, 섬!"

주작 구결의 천벌화시를 하나의 일격으로 갈무리하여 뽑아내는 섬의 구결은 이무기를 그대로 반으로 갈라 버렸다.

좌라락!

쿵!

검을 뽑은 지 채 10초도 되지 않아 죽어버린 이무기의 시신에서 거대한 코어가 튀어나왔다.

두근두근!

"꽤 크군. 이건 얼마나 나갈까?"

코어를 팔아본 경험이 없는 태하로선 그 가치가 얼마나 되는지 알 수가 없었다.

보따리에 코어를 갈무리한 태하는 청림에게로 다가갔다.

"괜찮아?"

"내상을 입었습니다. 아무래도 혈맥의 어딘가가 막힌 것 같아요."

"그렇군. 나도 그랬으니 너라고 다를 것이 있겠나?"

태하는 그녀의 막힌 혈도로 탄지공을 뿜어냈다.

피융!

"쿨럭!"

그녀의 코와 입에서 노란색 고름이 흘러나오면서 막힌 혈도가 뚫렸다.

"으음, 한결 좋군요!"

"그나저나 우리가 왜 이곳에 떨어져 내린 거지? 저 소녀들은 또 뭐고?"

"선계의 장막에 튕겨 지구상의 아무 곳에나 무작위로 떨어져 내린 것 같습니다. 그 과정에서 내상을 입은 것이고요."

"원래 이렇게 아무 데나 막 사람을 집어 던지는 건가?"

"모르지요. 저도 선계에서 처음 나와 보는 것이니까요."

"아아, 그렇겠군."

그녀는 자신의 곁에 선 16세쯤 되어 보이는 소녀들을 가리키며 말했다.

"도무지 말이 통하지 않는군요. 주인님이 사용하던 언어와는 많이 다른 것 같습니다."

태하는 소녀들에게 말을 걸어보았다.

"너희들은 어디서 온 누구니?"

"…저희들은 인근 마을에서 왔어요. 군인들에게 도움을 받으려다가 잘못해서 길을 잃었죠."

그는 소녀들이 하는 말이 남미의 언어라는 것을 알 수 있었다.

아름아름 그녀들의 말을 알아듣긴 하겠지만 제대로 의사소통을 하긴 힘들 것 같았다.

"마을로 나가는 길을 알고 있니?"

"……?"

"길 말이야, 길."

태하의 보디랭귀지에 그녀들이 고개를 끄덕였다.

"이쪽이요."

"그래, 함께 가자꾸나."

네 사람은 함께 동굴을 빠져나와 마을로 향했다.

＊　　　＊　　　＊

동굴에서 나와 보니 하늘에 구멍이라도 난 듯 비가 쏟아져 내리고 있다.

"우산."

펄럭!

태하의 손에서 뻗어 나온 금강석이 비를 피할 만한 우산으로 변신하였다.

후두두두둑!

하지만 이런 폭우에 우산을 펼친다고 해서 온전히 비를 피할 수 있을 것 같지는 않았다.

소녀들은 여전히 추위에 떨고 있었다.

"으으으……!"

"곧 저체온증이 오겠어. 어서 움직이자. 이대로 계속 오한이 지속되면 탈진해서 최악의 상황까지 치달을 수 있어."

"예, 주인님."

태하는 그녀들을 데리고 마을의 이정표가 보이는 곳까지

내려갔다.

나무 말뚝에 대충 거적때기를 하나 걸쳐놓은 이정표이긴 하지만 방향을 찾는 데는 문제가 없었다.

드마르타 방향

이정표에 적힌 이름이 어쩐지 눈에 익는 태하이다.

"이곳이 바로 남미 최대의 던전 앞에 있다는 그 마을이군."

"이 마을에 대해 아십니까?"

"마을의 규모는 작지만 꽤나 유명해. 아까 본 그 몬스터들이 자주 습격하는 바람에 하루에도 몇 번씩 대피해야 한다고 하더군."

"힘들겠군요."

몬스터의 습격으로 인해 재화 생산이 제대로 안 되는 드마르타로 유엔군의 구호물자가 몇 번인가 전달되었다.

하지만 그것만으론 생활을 이어나가는 데 문제가 있었다.

이에 아르헨티나 정부가 주민들의 이주 정책을 펼치는 방안을 물색하고 있었으나 아직 초읽기 단계에 머물고 있었다.

이정표에서 대략 5분쯤 지나 마을로 내려와 보니 우의를 뒤집어쓴 군인들이 수색을 펼치고 있었다.

"사, 살았다!"

"저희들 여기 있어요!"

군인들이 찾는 사람은 다름 아닌 이 소녀들인 모양인지 그제야 총을 거두는 군인들이다.

"중대장님, 찾았습니다!"

"하느님이 도우셨군."

소녀들은 태하를 가리키며 아까의 상황에 대해 설명하였다.

그러자 중대장의 얼굴이 단번에 바뀐다.

그는 태하에게 다가와 경례를 붙였다.

척!

"반갑습니다. 드마르타의 대피를 담당하고 있는 중대장입니다."

"⋯⋯?"

태하가 남미의 언어를 알아듣지 못하자 그는 영어로 태하에게 말했다.

"저는 이 근방의 인원을 보호하고 있는 앙헬 대위입니다. 선생님의 성함은 어떻게 되시죠?"

영어가 들리니 단번에 귀가 튄 태하다.

"저는 관광객입니다. 한국에서 왔지요."

"관광객이요?"

"트레킹 중이었습니다. 우연히 안데스산맥 인근까지 왔다가 중간에 길을 잃었지요."

"으음, 그렇군요."

앙헬은 태하에게 동굴에서 있었던 일에 대해 물었다.

"그나저나 듣기론 대형 몬스터를 쓰러뜨렸다고 하던데, 사실입니까?"

"의도치 않은 상황이 닥쳐 그리 되었습니다."

"그렇군요."

잠시 넋이 나가 있는 앙헬에게 병사들이 다가왔다.

"중대장님, 아이들이 추워합니다. 일단 마을로 돌아가시죠."

"그래, 알겠다."

그는 태하에게 마을까지 동행할 것을 권하였다.

"어차피 이 인근에 비를 피할 마을은 드마르타 하나뿐이니 저희들과 함께 가시죠."

"그래도 되겠습니까? 저희는 아직 신원도 불확실한데요."

"괜찮습니다. 당신들이 이 마을을 지켜주셨으니 외지인이라곤 해도 영웅 아니겠습니까?"

"과찬의 말씀이시지만 동행을 허락해 주시니 함께 가겠습니다."

"가시죠."

태하는 그를 따라서 마을로 향했다.

*   *   *

아르헨티나 북부 지역 안데스산맥에 몬스터 토벌 전진기지가 자리 잡고 있다.

무인들의 연합체로 이뤄진 이곳은 각 세력의 각축이 벌어지는 현장으로, 각자 맡은 구역을 알아서 관리하는 형식으로 돌아간다.

하지만 상황에 따라서는 공동 회의가 소집되어 각자의 의견을 나누고 맡은 구역을 교환하기도 했다.

토벌단 임시 회의가 열린 전진기지 중앙 회의실로 각 파의 대표가 모여들었다.

화산파 산하 화산그룹 총괄이사 진명수는 회의실에 가장 먼저 도착하여 부하들의 보고를 받고 있었다.

"드마르타 지역에 나 있던 구멍이 토벌되었다고 합니다."

"…토벌? 그곳에는 사두룡이 똬리를 틀고 있었을 텐데?"

"예, 그렇긴 한데 놈이 단칼에 쓰러져 시신을 치우고 있다고 합니다. 지금은 소규모 무인 단체가 잔존 세력을 정리하는 중이고 말입니다."

사두룡은 무인 연합이 무려 10년 동안 끈질기게 쫓아다닌 골칫거리 몬스터이다.

그 이빨과 숨결에 불타 죽은 무인만 무려 500명이 넘고 피해 금액만 수천만 달러에 이른다.

하지만 사두룡의 심장은 소형 몬스터 10만 마리에 해당하는 내력을 비축하고 있기 때문에 잡는 즉시 잭팟이 터진다 할 수 있었다.

그런 대박을 어중이떠중이가 어부지리로 잡았다니 진명수는 기가 찼다.

"빌어먹을, 선무당이 사람 잡는다고 하더니… 놈의 정체는 밝혀졌나?"

"군부의 말에 따르면 한국에서 온 여행객이라는 것밖에는 밝혀진 사실이 없답니다."

"신분도 정확하지 않은 놈이 사두룡을 잡았다?"

"어쩌면 우리가 모르는 재야 고수의 등장인지도 모르겠습니다."

진명수는 지금껏 허송세월한 시간이 아깝긴 했지만 그 정도의 재야 고수라면 당연히 접촉을 해봐야 한다고 생각했다.

"줄을 댈 수 있겠나?"

"지금 사람을 보내면 얼굴은 볼 수 있지 않을까 싶습니다."

"으음, 좋아. 그럼 내가 직접 간다."

"총괄이사님께서 직접 말씀이십니까?"

"그러는 편이 좋지 않겠나? 기왕이면 조금이라도 신분이 높은 사람이 가는 편이 보기에도 좋고 말이야."

"알겠습니다. 그럼 회의가 끝나는 즉시 출발할 수 있도록 준비하겠습니다."

"그래 주시게."

그의 눈동자가 이채롭게 빛난다.

*   *   *

사두룡의 사냥 소식은 순식간에 지하 세계 전역으로 퍼져 나갔다.

몬스터는 총 12단계로 그 위험도를 나누는데, 사두룡은 위험 순위 2단계의 엄청난 몬스터였다.

놈은 500명이 넘는 무인을 잡아먹으면서 남미 최고의 포식자로서 그 악명을 떨쳤다.

그런 사두룡이 순식간에 처리되자 이목이 집중되지 않을 수가 없었다.

보통 위험 단계 5단계 몬스터를 사냥하자면 대략 20명의 인원이 투입되는데, 그로부터 단계가 올라갈수록 각각 두 배 수의 인원이 필요하다.

한마디로 사두룡은 화경 이상의 고수 160명이 달려들어야 겨우 잡을까 말까 한 고위험군 몬스터라는 소리였다.

제아무리 인원이 많은 문파라 하더라도 100명 이상의 화경 고수를 동원하는 일은 쉽지 않기 때문에 2단계 위험군의 몬스터는 최소 5개 문파가 손을 잡고 사냥한다.

지금 아르헨티나 북부에 위치한 토벌 전진기지에선 사두룡을 사냥한 재야 고수를 모셔가기 위해 벌써부터 치열한 공방전을 벌이고 있었다.

　비록 겉으로 드러나진 않았지만 이 불세출의 검객을 포섭하기 위해 만년설삼과 천년하수오 등 진귀한 영약들을 마구 사들이는 중이었다.

　만년설삼은 표준 크기 10㎝ 기준으로 한 뿌리에 대략 20억을 호가하는데, 천년하수오는 그 두 배쯤 되는 가격을 자랑한다.

　이보다 더 진귀하다고 여겨지는 공청석유는 부르는 것이 값인데, 최근 지하 세계 옥션에서 15㎖ 병이 50억에 거래가 되었다는 풍문이 나돌았다.

　벌써부터 지하 세계 옥션이 들썩이는 것은 아마 이 의문의 재야 고수 때문일 것이다.

　하지만 정작 재야 고수 본인은 천년하수오나 공청석유에 전혀 관심이 없었다.

　신선도에서 10년간 영약만 줄기차게 먹어온 태하에게 만년설삼은 그냥 심심풀이 땅콩보다 못 한 물건이었던 것이다.

　태하는 인터넷도 제대로 안 들어오는 드마르타에서 어학사전 한 권으로 스페인어를 깨우쳤다.

　이제는 스페인어로 마을 사람들과 소통이 가능해진 태하와 청림이다.

이른 아침부터 자리에서 일어난 태하는 청림과 함께 마을에서 운영하는 공동 농장으로 향했다.

째앵!

아침부터 내리쬐는 햇살에 사람들의 얼굴이 빨갛게 익어가고 있었지만, 그 표정만큼은 아주 밝았다.

"안녕하세요?"

"어라? 왜 나오셨어요? 더 주무시지요."

"아닙니다. 밥을 얻어먹는데 밥값은 해야지요."

마을의 이장 루시아나는 태하를 영웅으로 대접했다.

"영웅이 이렇게 농기구를 잡으면 사람들이 욕합니다."

"하하, 영웅이라니요. 그냥 지나가다 어부지리로 잡은 건데요."

"그렇지만……."

"괜찮습니다. 오늘은 무슨 일을 하고 계셨지요?"

"망가진 밭을 다시 일구고 있습니다. 복구하는 작업이 만만치가 않네요."

"으음, 그렇군요."

폭우가 쏟아지는 바람이 밭이 다 망가져 건질 수 있는 곡식이 그리 많지 않아 보인다.

그나마 지금이라도 빨리 밭을 갈면 보리라도 심어 겨울을 날 수 있겠지만, 말처럼 쉬운 일은 아니었다.

태하와 청림은 마을 사람들과 함께 삽과 곡괭이를 잡았다.

질퍽, 질퍽!

"땅이 질어졌군요. 물을 빼내야겠는데요?"

"그러게 말이죠. 일단 둑은 터뜨려 두었는데 어찌 될지는 아직 모르겠어요."

밭에 물이 차서 둑을 터뜨려 배수를 해두었지만 아직까지 곳곳에 웅덩이가 남아 부엽토나 황토를 가져다 섞어야 할 것 같았다.

하지만 마을의 인원은 한정되어 있고 일은 많아서 쉽사리 손을 댈 수가 없었다.

그러나 마을 사람들은 자연과 몬스터의 침공 따위를 원망하지 않았다.

그들은 자신들의 목숨을 건진 것만으로도 충분히 하늘에 고마워하면서 살았다.

그렇게 얼마나 일했을까?

하루에 한 번 나누어주는 빵과 시원한 물이 바구니에 담겨 왔다.

"자, 식사하세요!"

"와아! 밥이다!"

마을에 있는 소년과 소녀들도 학교 수업까지 빼먹고 밭일에 매달리고 있었다.

소년과 소녀들은 한창 클 나이임에도 불구하고 손바닥만한 빵 한 조각으로 하루를 버텨야 했다.

태하는 바로 10㎞ 앞에 있는 토벌 전진기지와 이곳의 양극화 현상을 이해할 수가 없었다.

'정부에서 조금만 더 힘을 쏟는다면 이렇게까지 살지는 않을텐데……'

그는 마른 빵을 입에 대지 않았다.

"아저씨, 안 드세요?"

"괜찮아. 너 먹으렴."

태하가 구해준 쌍둥이 중 한 명인 가브리엘이 고개를 가로저었다.

"배가 고파도 다 함께 먹어야 의미가 있죠."

"난……."

"어서 드세요."

그는 씁쓸하게 웃었다.

"고마워."

"별말씀을요."

태하는 그녀가 건넨 빵을 먹으며 생각했다.

'어떻게 해서든 이 마을을 살려야겠어.'

그는 오늘 밤 선물을 주기로 했다.

        *   *   *

늦은 밤, 300개의 그림자가 산비탈을 오르내리고 있다.

퍽퍽퍽!

땅을 깊이 파내려가 양분을 충분히 머금은 흙을 퍼내어 지상으로 나르는 행렬이 이어지고 있었다.

ㅡ깡, 깡, 깡!

금강석 인형은 사람처럼 물과 식량이 필요치 않으니 하루 종일 일을 해도 큰 문제가 없을 것이다.

태하는 쉬지 않고 금강석 인형들을 움직여 땅을 갈아엎고 밭을 쓰기 좋게 만들었다.

불순물이 섞인 흙은 다 걷어내고 부엽토와 황토만으로 밭을 만들어놓으니 이전보다 훨씬 쓰기가 좋았다.

"으음, 좋군!"

그는 보따리에서 대지 원석을 꺼내어 손톱보다 더 작은 크기로 잘라냈다.

서걱!

태하는 그것을 마을에서 사용하는 지하 수로 및 암반에 심었다.

이곳의 지형은 공기가 좋고 사방이 돌로 가로막혀 있어서 전형적인 천연 분지를 이루고 있었다.

더군다나 깊은 산중에 마을이 있어서 대지의 기운을 한껏 머금을 수 있었다.

청림은 이 작은 대지의 원석이 자리를 잡게 되면 앞으로 족히 10년은 풍년을 맞을 것이라고 예상했다.

"이렇게 작은 대지 원석은 큰 덩어리가 평생 물을 만들어내는 것과는 달리 수명이 있어요. 하지만 그 수명이 다할 때까진 아마 병충해나 자연재해를 당하지 않을 겁니다."

"그래, 그 정도면 되었지."

태하는 다시 수로를 정비하고 그곳으로 1천 분의 1로 희석된 공청석유를 흘러냈다.

스르르르릉!

죽어 있던 땅이 활기를 되찾으며 향기로운 흙냄새가 진동하기 시작했다.

그제야 태하는 인형들을 다시 팔찌로 만들어놓고 숙소로 돌아갔다.

다음 날, 사람들의 눈이 휘둥그레졌다.

"오잉?!"

"이게 다 뭐야?! 벌써 싹이 텄네?!"

"이장님, 이게 무슨 일일까요?"

마을에는 노인이 없기 때문에 모든 것을 젊은 사람들의 짧은 지식에 의존한다.

세계 어느 지역을 가든지 간에 지식은 경험이 많은 사람들로부터 아래로 전수되지만, 이 마을에는 그런 것이 없었다.

거듭되는 몬스터의 습격으로 인해 노인들이 전부 다 죽어 버렸기 때문이다.

그나마 나이가 많은 루시아나가 올해로 서른을 갓 넘겼을 뿐이다.

"하늘이 도우신 겁니다! 여러분, 기도를 올려요!"

"하느님 감사합니다!"

마을 사람들이 전부 하늘에 기도를 올릴 때, 가브리엘만큼은 다른 사람을 쳐다보았다.

가브리엘이 태하에게 물었다.

"…아저씨죠?"

"뭐가?"

"이 밭 말이에요. 아저씨가 한 거죠?"

"아니, 난……."

"난 아저씨의 얼굴을 보면 알아요. 아저씨의 입꼬리가 아주 살짝 씰룩거리고 있잖아요. 이건 전형적인 범인들에게서 보이는 징후라고 범죄심리학에 쓰여 있었어요."

"…그래?"

장래 희망이 형사인 가브리엘은 마을에서 제일 눈치가 빠르다.

태하는 자신의 완전범죄(?)가 발각된 것 같아서 심장이 덜컥 내려앉았다.

하지만 그 느낌이 아주 나쁘지 않은 태하였다.

제7장
새로운 인연

그는 마을 회관에서 이틀간 숙식을 해결했는데, 이른 아침
부터 태하에게 귀한 소고기스튜가 전달되었다.

똑똑.

"계세요?"

"예시카?"

"아저씨, 스튜를 좀 가져왔어요."

매일같이 밭을 매느라 손이 다 부르튼 예시카가 해맑은 얼
굴로 태하에게 스튜를 건넸다.

가브리엘의 쌍둥이 동생인 예시카는 아주 순수하고 해맑은

미소를 가진 아이였다.

예시카는 고기를 아주 좋아하지만 근 10년간 고기를 입에 대어본 적이 없다고 했다.

태하는 스튜를 받긴 했지만 이것을 도대체 어떻게 목구멍으로 넘기나 싶다.

"예시카, 아침은 먹었니?"

"아니요. 아직이요."

"그럼 같이 먹자꾸나."

그녀는 고개를 가로저었다.

"아니에요. 고기스튜는 귀한 것이라서 제가 먹으면 이장님께 혼나요."

"사실 이 아저씨는 소고기를 싫어한단다."

"…정말요?"

"그럼!"

예시카는 잠시 고민하는 기색을 보이더니 끝내 고개를 저었다.

"아니에요. 생명의 은인이 먹는 것을 빼앗아 먹을 수는 없죠. 저에게도 지조라는 것이 있거든요."

"…그래?"

씁쓸하게 웃는 태하에게 청림이 다가와 물었다.

"주인님, 엊그제 사냥한 물건들을 마을에 기증하면 어떨

까요?"

"사두룡인가 뭔가의 심장 말이야?"

"네. 어차피 우리야 그런 심장쯤 몇백 개라도 가질 수 있지 않습니까? 하지만 이 마을은 다르지요. 듣자 하니 그 정도 크기의 심장은 꽤 비싸게 팔린다고 하더군요."

아직 이 세상에 대한 지식은 없어도 눈치코치로 돌아가는 판세를 깨우친 청림이다.

태하는 그녀의 말에 무릎을 치며 동의했다.

"그래, 내가 왜 그 생각을 못 했지?"

"이렇게 고깃국 한 그릇에 쩔쩔맬 바엔 통 크게 소를 한 마리 잡는 편이 나을 겁니다."

"맞아. 네 말이 백번 옳다."

그는 예시카에게 마을 이장을 호출해 달라고 부탁했다.

"예시카, 이장님께 내가 긴히 뵙잔다고 전해드려."

"네, 아저씨."

태하는 오늘 아침만큼은 아주 편하게 먹을 수 있었다.

*   *   *

아침이 지나고 해가 중천에 걸렸을 즈음, 마을 이장 루시아나의 트럭이 부리나케 달려오고 있다.

탈탈탈!

트럭에는 마을의 치안을 담당하는 대피중대장 앙헬과 코어를 전문적으로 취급하는 상인이 타고 있었다.

오늘 아침 태하는 루시아나에게 코어를 판매하고 싶다고 부탁했다. 그랬더니 앙헬이 자신이 잘 아는 국가공인 코어상인을 데리고 와주겠다고 나선 것이다.

두 사람은 아직까지 태하가 코어를 마을에 기증하겠다는 뜻을 모르고 있었다.

코어상인 디에고는 사두룡의 코어를 이리저리 둘러보기 시작했다.

"흐음……."

"어떤가요?"

잠시 후, 디에고가 화들짝 놀란다.

"이, 이걸 어디서 났습니까?"

"어제 머리가 네 개 달린 이무기를 잡아서 얻었습니다."

"…사두룡!"

그는 아주 조심스럽게 감정가를 말했다.

"사두룡의 코어는 지금 공시 시가로 5천만 달러에 거래될 것으로 예상되고 있습니다."

"어, 얼마요?"

"5천만 달러요. 자, 여기 해당 자료입니다."

디에고는 코어상인들이 사용하는 가격 정보 프로그램 화면을 태하에게 보여주었다.

프로그램은 공식 매매가와 적정 매매가 등을 알려주는데, 사두룡이라는 단어를 입력하니 5천만 달러의 금액이 책정되어 있었다.

그는 이것은 어디까지나 시작 가라고 말했다.

"지금 이곳에 기재된 코어의 가격은 경매의 시작 가입니다. 사두룡의 코어는 즉시 입찰로 구매가 불가능합니다. 워낙 구하는 사람이 많아서 무조건 옥션으로 올라가지요."

"으음, 그렇다면 어떻게 판매해야 합니까?"

"국제 판매기구에 경매를 의뢰하면 삼 일 내로 경매 공고가 뜰 겁니다. 그럼 세계 각지의 딜러들이 인터넷으로 입찰을 하겠지요. 그렇게 되면 일정의 수수료만 지불하고 입찰 금액대로 돈을 수령하시면 됩니다."

"그 절차를 대신 밟아주실 수 있겠습니까?"

"물론입니다. 계좌를 하나 주시지요."

"대리인도 괜찮습니까?"

"물론이죠."

태하는 루시아나를 바라보며 말했다.

"마을 회관의 계좌가 있지요?"

"네, 있어요."

"계좌 번호를 알려주시죠. 판매 금액은 전액 마을 회관에 기부하겠습니다."

순간, 주변 사람들이 화들짝 놀란다.

"뭐, 뭐라고요?!"

"신세를 졌으니 갚는 겁니다. 그 귀한 음식을 저에게 나누어주셨으니 코어 하나쯤은 드려도 된다고 생각합니다."

"하지만 수천 달러의 가치가 있는데요?"

"저에겐 고기스튜가 그런 가치였습니다. 사양하지 말고 받아주세요. 오로지 마을을 위해서만 돈을 사용하시고 다시는 대피하지 않도록 더 많은 무인들과 계약하십시오."

마을 사람들은 태하에게 머리를 조아렸다.

"아이고, 감사합니다!"

"감사할 것 없어요. 여러분이 착하게 살았기 때문에 복을 받는 겁니다."

그는 오랜만에 아주 가슴이 뿌듯해짐을 느꼈다.

＊　　　　＊　　　　＊

사두룡의 코어가 옥션에 올라온 날이다.

경매 시작: 08시 30분

무려 10년간이나 무인들을 고생시킨 사두룡의 코어 때문에 전 세계 모든 딜러들이 새벽부터 일어나 컴퓨터 앞에 앉아 있다.

얼마 전, 드마르타에서 코어를 보고 온 디에고 역시 입찰에 참여하였다.

지인의 소개 때문에 간 것이고 정확히는 감정을 해주지 않았으니 수수료를 받지 않았다.

그러나 사두룡의 소식을 가장 먼저 알았기 때문에 입찰에 제일 발 빠르게 참여할 수 있었다.

경매는 두 번의 입찰로 진행된다.

실시간 데이터를 소집하여 슈퍼컴퓨터가 10분 안에 최고 입찰가를 검색하여 통보한다.

만약 여기서 누군가 최고 입찰가를 갱신하게 되면 거기서부터 다시 재입찰을 벌여 낙찰자를 가리게 되는 것이다.

사두룡의 초도 입찰가는 3천만 달러이다.

그는 입찰가에 5천만 달러를 기입해서 제출하였다.

"후우, 긴장되는군."

회사에서 운용할 수 있는 거의 모든 금액을 이곳에 쏟아부은 그는 이 한 방으로 회사를 크게 키워볼 생각이다.

딜러 생활이 올해로 10년째에 접어드는 그에게 이번 입찰은 큰 기회였다.

잠시 후, 경매의 1차 입찰이 마감되었다.

경매 최고가: 72,041,000 달러

1차 입찰이 끝났을 때엔 이미 두 배가 넘어간 상황이었다.

"흐음……."

이미 두 배가 넘게 뛸 것이라 예상하긴 했지만 금액이 너무 많이 올라갔다.

그는 2차 입찰에서 승부를 띄우기로 했다.

[입찰을 시작합니다.]

디에고는 회사의 전 재산을 걸기로 했다.

입력값: 80,000,000 달러.

만약 8천만 달러를 넘긴다면 이미 그의 영역은 벗어난 것이나 다름없었다.

지금 이 금액도 지인들과 금융권 대출을 모두 끌어다 쓴 것이기 때문에 더 이상은 무리였다.

이윽고 다시 입찰 마감이 처리되었다.

최고 입찰가: 120,341,411 달러

순간, 그의 눈이 휘둥그레졌다.

"코어 하나에 1억 2천만 달러?!"

지금까지 1억 달러를 넘긴 코어는 한 번도 세상에 나온 적이 없었다.

그는 실소를 터뜨렸다.

"하하, 하하하! 그 청년, 운도 억세게 좋구나!"

입찰을 놓치긴 했지만 억울한 생각은 들지 않았다.

어차피 돈은 좋은 곳에 쓰일 것이기 때문이다.

"그래, 그들이 잘 살면 좋은 일이지."

그는 오랜만에 기분 좋은 소식이 들려올 것이라고 생각했다.

*   *   *

입찰이 끝나자마자 1억 2천만 달러에서 수수료 1.2%, 세금 3.3%를 제외한 금액이 전부 드마트라 마을 회관으로 입금되었다.

한화로 1천억이 넘는 이 금액은 앞으로 드마트라 사방에 몬스터의 습격으로부터 지켜줄 안전장치를 설치하고 마을 사람들의 비상식량을 비축하는 데 사용될 것이다.

부아아아앙!

시가지에서부터 트럭을 구입하여 끌고 온 루시아나와 그 일행은 입가에 함박웃음을 짓고 있었다.

"영웅님, 저희 왔습니다."

"오셨습니까? 설비업자들은 언제 온답니까?"

"내일 중으로 오신답니다."

"잘되었군요. 금액은 잘 맞춰놓으셨습니까?"

"앙헬 대위님께서 다리를 놓아주신 덕분에 저렴하게 했어요. 한 3천만 달러는 남을 것 같아요."

"기쁜 일입니다. 그 돈으로 마을에 집 한 채씩 짓고 마을회관도 보수하면 되겠군요. 식량도 좀 넉넉히 사고요."

"그러게 말입니다."

아마 마을 회관을 짓고 50채의 집을 짓고 나도 돈이 남을 테니 농기구를 보충하고 땅을 더 구매하는 것도 괜찮은 방법일 것이다.

태하는 인근의 땅을 더 구매하고 과수원을 여는 방안을 제의했다.

"이곳은 산지가 많으니 고랭지 농사나 과수원을 여는 것은 어떠십니까?"

"안 그래도 그럴 생각입니다. 트랙터나 산악 트럭 같은 것도 미리 주문해 두었고요."

"잘하셨습니다."

"내일 중으로 부동산 중개업자도 함께 온다니 며칠 내로 완비될 것 같아요."

"다행입니다. 일이 잘 풀리고 있으니 말이죠."

그녀는 태하에게 깊이 고개를 숙였다.

"감사합니다. 당신 덕분에 우리가 살았어요."

"별말씀을요."

"괜찮으시다면 땅을 전부 선생님의 명의로 돌리고 싶은데, 어떻게 생각하시나요?"

그는 고개를 저었다.

"아니요. 안 됩니다. 저에겐 나름대로의 사정이 있거든요."

"알아요. 이곳에 오실 때부터 뭔가 사정이 있다는 것은 알고 있었어요. 그래도 당신의 이름만이라도……"

"정 그렇다면 선명이라고 이름을 붙여서 푯말 하나 박아주시던가요."

"선명?"

"제 은사님입니다."

"아아……!"

"아무쪼록 좋은 일만 가득하시길 바랍니다."

"…벌써 떠나실 건가요?"

"만남이 있으면 이별도 있는 법이죠."

"하지만 정말 이름도 제대로 모르는걸요."

"나중에 기회가 된다면 다시 오겠습니다. 그때는 제 이름을 당당히 밝히고 술도 한잔하시죠."

봇짐 하나가 짐의 전부지만 이미 떠날 준비도 모두 마친 태하였다.

그런 그에게 가브리엘과 예시카가 달려왔다.

"아저씨!"

"…쌍둥이?"

"어딜 그렇게 급하게 가세요?! 여기서 좀 더 살아요!"

"하하, 그러고 싶지만 이 아저씨는 해야 할 일이 있어."

"그래도…….."

"인연은 돌고 돌아도 다시 만나는 법이다. 그러니 너무 아쉬워하지 마."

"……."

루시아나는 떠나려는 태하에게 자동차 열쇠와 잔고가 있는 통장을 건넸다.

"이것을 가지고 가주세요."

"아니요. 저는 괜찮습니다."

"그렇지 않으면 저희들의 마음이 너무 불편할 것 같아요."

"하하, 걱정하지 마세요. 그러지 않아도 저는 충분합니다."

"저희들은 그렇지 않아요. 그러니…….."

그는 계속 이곳에 있으면 끝까지 간청을 받을 것 같아서 자리를 뜨기로 했다.

파바밧!

100리를 한달음에 달린다고 하여 백리보법이라 이름이 붙은 사신무의 보법이 태하의 발끝에서 전개되었다.

쐐엥!

마치 빛과 같이 사라진 태하와 청림을 바라보며 루시아나와 쌍둥이는 눈시울을 붉혔다.

"진짜 영웅이야."

"나중에 저런 아저씨와 결혼해야지! 꼭!"

"…이 은혜는 꼭 갚겠어요."

태하는 그렇게 그녀들과 멀어져 갔다.

*　　　　*　　　　*

드마트라를 떠난 태하는 산비탈을 내달려 일주일 만에 아르헨티나의 수도 부에노스아이레스에 당도했다.

태하는 청림에게 도시를 소개해 주었다.

"아르헨티나의 수도야. 나도 잘 아는 것은 아니지만 남미의 3대 도시로 알려져 있더군."

청림은 부에노스아이레스의 전경을 바라보며 감탄사를 연발했다.

"신기하군요. 이렇게 높은 건물들도 있고 사람도 많고요."

평생을 선계에서만 살아온 청림이니 시가지가 신기한 것은 당연한 일이다.

태하는 그녀에게 조금 더 좋은 세계를 구경시켜 주고 싶어 디에고에게 작은 코어 50개를 처분하여 달라고 부탁하였다.

그는 옥션에 코어를 올려주었고, 아마 지금쯤이면 계좌에

돈이 들어와 있을 것이다.

비록 외숙의 계좌이지만 사용하는 데는 문제가 없을 터였다.

태하는 물에 젖어 있는 지갑에서 카드를 꺼내어두었는데, 명화금융의 카드는 물과 불에 강하기 때문에 지금도 통용이 가능할 것이다.

"일단 은행으로 가자. 계좌에서 돈을 출금해서 당장 묵을 곳을 찾아야지. 그리고 그 이후에 세상 물정을 함께 공부해 보자고."

"네, 알겠습니다."

그녀의 기억력은 인간과 다르기 때문에 백과사전 한 권을 외우는 데 30분도 채 걸리지 않는다.

아마 인터넷을 며칠만 접하면 충분한 지식을 쌓을 수 있을 것이다.

태하는 '명화은행'이라는 간판이 걸린 건물을 찾았다.

명화은행은 아르헨티나에 총 네 개의 지사를 가지고 있는데, 태하는 운이 좋게도 지점이 있는 부에노스아이레스 앞바다로 떨어진 것이다.

그는 명화은행 ATM 기기로 가서 통장의 잔액을 확인해 보았다.

장주원 고객님의 통장 잔액: 1,450만 원

태하에게 매달 돈을 보내주던 외숙의 비자금 통장을 받아서 쓰던 태하는 25일마다 입금을 받았다.

그는 날짜를 확인해 보았다.

9월 23일

태하가 실종된 날짜가 8월 24일이니 외숙이 돈을 보내주는 날짜가 이미 지나 입금을 해놓은 모양이다.

외숙은 태하가 실종되었다고 해서 곧바로 통장을 정지시키지 않고 돈을 그대로 넣어두었던 것이다.

그는 혹시나 태하가 타지에서 돈을 빼내어 쓸 수도 있겠다 싶었던 모양이다.

어쩌면 코어를 판매하지 않아도 될 뻔했지만 그래도 외숙이 자신을 위하는 마음이 느껴져서 태하는 마음이 훈훈해졌다.

"역시 내 생각해 주는 사람은 삼촌뿐이야."

그는 한화로 된 돈을 환율에 맞게 환전하여 450만 원을 인출하였다.

돈을 인출해 보니 대략 6만 페소가 되었다.

요즘 동북아시아가 가장 큰 에너지 시장으로 급부상하다 보니 한화의 가치가 꽤 많이 올라 있었다.

태하는 외숙이 보내준 원화를 전부 환전하고 판매 대금으로 받은 달러화는 비상금으로 가지고 있기로 했다.

　　　　　*　　　　　*　　　　　*

　부에노스아이레스 시가지에 위치한 작은 호텔 '프란체스코'에 묵기로 한 태하는 청바지에 티셔츠 한 장을 구매하였고 청림 역시 비슷한 옷을 구매하였다.

　그는 호텔 인근에 있는 식당으로 가서 식사를 하면서 그녀에게 이 세상의 지식을 전파해 주기로 했다.

　태하는 그녀에게 태블릿PC를 한 대 건넸다.

　"와이파이가 잡히니까 태플릿PC로 인터넷에 접속할 수 있겠어."

　"……?"

　그는 인터넷에서 지구의 문화와 경제 체계에 대하여 기술한 서적들을 다운로드 받아 그녀에게 보여주었다.

　"이것들을 잘 읽어봐. 아마 이 세계를 이해하는 데 도움이 될 거야."

　"감사합니다."

　이 공부가 끝나면 그녀와 함께 세계의 모든 언어를 한번 공부해 볼 생각이다.

　태하는 그녀가 책을 읽는 동안 음식을 주문하고 또 한 대의 태블릿PC에 전화 어플리케이션과 메신저를 깔았다.

그는 가장 먼저 외숙인 장주원에게 전화를 걸었다.

[인터넷으로 전화를 연결합니다]

일본에서 무역 회사를 운영하는 외숙과 해외 통화를 자주 하다 보니 핸드폰보다는 인터넷 전화를 더 많이 사용하였다.

인터넷 전화는 코인을 구매해야 사용이 가능하지만 그 가격 대비 효율이 일반 전화나 핸드폰에 비해 무려 10배나 뛰어났다.

전화기에선 상당히 난해한 멜로디가 흘러나와 그의 귀를 울린다.

[난나나나~ 나나나나~]

어디선가 정체불명의 노래를 가져다 놓고 자신이 가장 좋아하는 아이돌이라며 컬러링으로 지정해 놓은 외숙이다.

오늘의 노래는 다소 괴기하다고 볼 수 있을 정도로 특이했다.

"하여간 취향 참……."

계속해서 통화를 시도하던 태하는 연결에 실패하고 말았다.

―출장 중이다. 일주일 후에 다시 걸도록.

이 번호는 외숙과 태하만이 사용하는 번호라서 다른 사람이 전화를 걸 일이 전혀 없었다.

외숙의 장난스러운 목소리가 들렸지만 부재중이라 대화는

할 수 없었다.

"으음, 일하느라 바쁘신 모양이군. 이 기회에 사정을 좀 살피려 했더니……"

하는 수 없이 태하는 메신저 쪽지에 글을 남겼다.

삼촌, 태하입니다.

저 아직 죽지 않았습니다. 혹시 모르니까 비밀리에 전화 주세요.

참고로 여긴 아르헨티나예요.

이렇게 짧게 글을 남겼지만 그는 충분히 알아들을 것이다.

이윽고 태하는 열심히 글을 읽고 있는 청림을 바라보았다.

그녀는 벌써 서적을 다 읽고 인터넷을 사용하는 방법까지 터득하여 웹 서핑을 즐기고 있었다.

"주인님의 이름을 검색해 보니 꽤 전도유망한 의사로 나오는군요."

"주인님이라니, 그냥 태하라고 부르면 안 될까?"

"으음, 하지만 그래도 상하 관계가 분명한데 태하는 좀 그렇습니다."

"그럼 오빠는?"

"…오라버니로 하시죠."

"그래, 오라버니."

외아들로 자란 태하는 태어나 처음으로 오빠라는 호칭을 들어보고 싶었지만 워낙 무뚝뚝한 청림이라 불가능할 것으로 보였다.

아무튼 생활에 필요한 거의 모든 지식을 습득한 그녀이기에 앞으로 살아가는 데 불편함은 없을 것이다.

"스테이크를 시켰어. 범고래이니까 고기도 먹겠지?"

"범고래가 아니라 신수입니다. 신수는 당연히 고기도 먹지요."

"그래, 잘되었군."

두 사람은 웨이터가 가져다 준 음식을 먹고 호텔방으로 향했다.

*   *   *

일본 시부야의 한 뒷골목.

"한 푼만 줍쇼!"

뒷골목에 쪼그려 앉아 동냥을 하고 있는 중년 남자에게 30대 후반으로 보이는 남자가 다가왔다.

그는 구걸을 하고 있는 걸인에게 만 엔짜리 지폐를 한 장 건넸다.

"아이고, 감사합니다!"

"그만하시죠. 이곳의 근방 1㎞ 내에 아무도 없도록 조치했습니다."

걸인은 큰절을 하다 말고 자리에서 일어섰다.

"정말입니까?"

"물론입니다."

그는 꾀죄죄한 옷의 주머니에서 열쇠를 하나 꺼냈다.

"들어가시지요."

"고맙습니다."

남자가 열쇠를 받고 뒷골목에 있는 허름한 단칸방으로 들어가자 걸인은 다시 구걸을 시작했다.

"한 푼만 줍쇼!"

그는 걸인을 뒤로한 채 단칸방 천장에 있는 문을 열었다.

끼이이익!

단칸방의 천장에는 생각보다 쾌적한 환경에 아늑한 침대가 놓인 방이 마련되어 있었다.

남자는 침대에 좌선을 하고 있는 또 다른 걸인에게 다가갔다.

"안녕하십니까, 장로님?"

"장주원 이사님이시군요. 반갑습니다."

개방의 10대 장로인 왕병호는 명화방 7대 장로의 제자 장주원에게 앉은 자리에서 악수를 건넸다.

"제가 좌선 중이라 악수를 이렇게밖에 못 건넵니다."

"아닙니다."

왕병호는 장주원의 외모를 보며 감탄사를 연발했다.

"남자인 제가 보기에도 미남이시군요. 게다가 상당히 동안이시고요. 벌써 40대 후반이라고 들었습니다만?"

"과찬이십니다. 동안은 집안의 내력인 것 같습니다."

"그렇군요."

장주원은 그에게 술병을 하나 건넸다.

"와인을 좋아하신다지요?"

"어떻게 아셨습니까?"

"매형이 자주 말씀하셨습니다. 주당이시라고요. 그런데 입맛이 아주 고급이라고 말입니다."

"역시 김명화 검객의 마음 씀씀이는 가히 일품입니다. 타계하고서도 나를 챙겨주시다니."

"한잔하시죠."

"그럽시다. 병 좀 따주십시오. 이제 막 좌선을 하던 차라서 말입니다."

"그러지요."

장주원은 와인의 코르크 마개에 장력을 가했다.

스스스, 뽕!

아주 손쉽게 코르크 마개를 딴 장주원에게 찬사가 쏟아진다.

"역시 화경의 경지를 넘어가는 중이군요. 과연 고강한 집안의 후예입니다."

"이 정도는 장로님께서도 충분히 하실 텐데요?"

"하하, 저는 이제 한물갔습니다. 일흔이 넘어서 무슨 무공을 쓰겠습니까?"

장주원은 그의 내공이 이미 현경에 접근했다고 생각했다.

지금 당장 보이는 내공은 미비해 보이지만 단전 안에 숨겨진 내공은 어마어마한 경지에 이르러 있었다.

'대단한 고수다. 역시 개방의 장로는 아무나 하는 것이 아니구나.'

그는 왕병호에게 술병을 건네며 물었다.

"그나저나 저를 보자고 하신 이유가 무엇인지 궁금합니다. 그것도 누이의 죽음에 대해서 할 말이 있으시다니 말이죠."

"일단 한잔하십시오."

"감사합니다."

와인을 한 모금씩 나누어 마신 두 사람은 본격적으로 오늘 만난 이유에 대해서 논하였다.

"이사님께선 타구봉에 대해서 들어보셨습니까?"

"물론입니다. 개방의 신물이자 10만 개방인을 하나로 묶을 수 있는 유일한 연결 고리이지요."

"잘 아시는군요. 우리는 전대 방주께서 잠적하시고 지금껏 타구봉을 기다렸습니다. 아시지요? 우리가 얼마나 개방의 부활을 오래도록 꿈꿔왔는지 말입니다."

"잘 알지요."

"그런데 얼마 전에 그 20년 기다림을 보상 받는 소리가 들렸습니다. 바로 타구봉의 소식을 전해준 이가 있었지요."

"그게 우리 누이와 매형입니까?"

"예, 그렇습니다. 김명화 검객께선 방주께서 잠적한 시점에 타구봉을 맡기셨다고 말했습니다. 지금 자신이 그 행방을 알고 있다 말하셨지요."

"⋯⋯!"

"아마 매형께서 우리 방주님과 절친한 사이였다는 것은 잘 알고 계실 겁니다."

"그렇긴 합니다만 타구봉을 맡기다니, 너무 의외입니다. 그런 신물을⋯⋯."

"김명화 검객은 대협입니다. 대협에게 신물을 맡기는 것보다 안전한 길은 없겠지요."

장주원은 그의 말에 동의했다.

"말씀을 듣고 보니 그렇군요. 매형이라면 충분히 그럴 자격이 있지요."

"한데 문제는 얼마 전에 일어났습니다. 우리 개방의 식구들은 암암리에 서로 연락을 주고받고 있는데 주로 기차역이나 터미널, 뒷골목에서 노숙을 하며 살았습니다. 그런데 언제부터인가 우리의 구역에 대단한 내공을 가진 고수들이 거지로 위장하여 잠입하기 시작했습니다."

"혹시 청성파와 그 연합이……?"

"맞습니다. 제 생각에는 누군가 청성파와 내통하여 정보를 팔아먹고 있다고 판단됩니다."

"도대체 누가 내통을 할 수 있단 말입니까?"

"개방과 명화방의 연결, 그리고 사성회와의 접촉을 알고 있는 사람이지요."

그는 사진을 한 장 건넸다.

"이 사람입니다."

순간, 강주원은 화들짝 놀랐다.

"세, 셋째 누이?!"

"얼마 전에 당문과 그녀가 접촉하는 것을 우리 문하의 제자가 사진으로 촬영한 겁니다. 이 사진을 찍다가 그 아이도 사망하고 말았지만, 결정적인 증거가 남은 것은 불행 중 다행입니다."

강주원은 이 사실을 믿을 수가 없었다.

"세상에, 이제 곧 차기 방주의 어머니가 될 사람이 왜 이런 짓을⋯⋯?"

"자세한 내막은 저도 잘 모릅니다. 그저 그녀가 이 사건에 깊숙이 관여하고 있다는 것뿐."

"제 눈과 귀를 의심하게 되는군요."

사진에 나온 사람은 얼마 전에 인터폴 수배를 받은 당청진이었다.

아무리 좋은 쪽으로 생각해 보아도 인터폴의 수배까지 받는 당청진과 장지원이 만났다는 것은 있을 수가 없는 일이었다.

"아무튼 대협의 일가족이 부고하셨으니 타구봉의 행방은 알 길이 없습니다. 다만 당문과 청성파 연합이 무슨 짓을 꾸미고 있는지는 반드시 알아내야 합니다."

"⋯알겠습니다. 저도 최선을 다해 알아보겠습니다."

"하지만 조심하십시오. 아무래도 당청진은 재야의 고수들을 대거 등용한 것 같습니다. 대협 부부가 당한 것을 생각하면 그리 간단하게 생각할 문제가 아닌 것 같습니다."

"그리하지요."

씁쓸한 표정의 장주원에게 왕병호가 술을 한 잔 권했다.

"한 잔 쭉 들이켜고 가시지요. 저 같아도 속이 탈 겁니다."

장주원은 씁쓸함과 함께 와인을 한껏 넘겼다.

제8장

오해

명화금융 아르헨티나 중앙 지부 감사팀에 비상소집령이 떨어졌다.

감사팀장 위시현은 감사팀원 10명 전원에게 한 장의 사진을 보여주었다.

"우리 명화그룹 사외이사인 장주원 님의 계좌에서 돈이 빠져나갔다. 출금 지역은 아르헨티나 부에노스아이레스이며, 동행이 한 명 있는 것으로 예상된다."

"장주원 사외이사라… 어째서 그의 계좌를 멋대로 사용하고 있는 것일까요? 가족이나 지인은 아닐까요?"

"그는 중년인 지금까지 슬하에 자식을 두지 않고 있다. 조 카들은 전부 일본과 한국에 있으며 가장 가깝게 지내던 김태 하 씨는 얼마 전에 실종된 것으로 보고되었다."

"흠, 그렇다면 계좌를 도둑질한 악질 범죄일 가능성이 높군 요."

최근 남미에선 타인의 계좌를 해킹하여 범죄에 악용하는 경우가 아주 많은데, 특히나 마약으로 벌어들이는 검은돈을 세탁하는 데 주로 사용되었다.

명화금융 감사팀은 세계 각지로 퍼져 있는 차명 계좌 절도 조직을 수사하는 중인데, 이들이 돈세탁에 동원한 계좌만 수 만 개에 이를 것으로 추정하고 있다.

그녀는 사외이사의 계좌가 털린 것은 심각한 일이라고 지적 했다.

"우리 명화방 수뇌부의 계좌가 털렸다는 것은 심각한 일이 다. 만약 우리가 범인 체포에 실패하게 된다면 본사의 질책을 피할 수 없게 될 것이다."

"으음……."

팀원들이 짐짓 어깨가 무겁다는 듯이 신음하자 그녀는 책 상을 두드리며 정신을 일깨웠다.

쾅!

"……!"

"…반드시 잡는다. 그놈들이 뭐하는 놈들이든 간에 지옥 끝까지 쫓아갈 것이다. 알겠나?"

"예, 팀장님!"

이제 군기가 바짝 든 감사팀원들은 각자 검과 창을 하나씩 챙겼다.

위시현도 무기를 챙겨 들었다.

챙!

그녀가 사용하는 무기는 언월도인데, 그 파괴력이 가히 상상을 초월한다.

창의 명가인 점창파의 제자이던 어머니에게 사사한 그녀의 창술은 명화방 최고로 일컬어질 정도이다.

올해로 25세, 꽤나 젊은 나이에 감사팀장의 자리에 앉을 수 있던 것도 전부 그녀의 저돌적이고 폭발적인 창술 덕분이었다.

그녀는 언월도를 보자기로 감싸서 날이 드러나지 않게 하였다.

언월도를 등에 질끈 동여맨 그녀는 전의를 불태웠다.

"하늘이 두 쪽 나도 놈을 반드시 잡는다!"

"최선을 다하겠습니다!"

"가자!"

그녀는 부하들을 데리고 부에노스아이레스 거리로 향했다.

　　　　*　　　　*　　　　*

　아르헨티나 국제항 인근.

　태하는 이곳에서 곧바로 한국까지 가는 배편을 알아보는 중이다.

　굳이 여권이 없다고 해도 배에 올라탈 수 있는 방법은 아주 많기 때문에 출항 스케줄만 꿰고 있으면 만사형통이다.

　그는 남미에서 멕시코시티, 뉴욕을 경유하여 울산까지 가는 화물선을 선택했다.

　"그래, 이것이 좋겠군."

　태하가 선택한 화물선의 이름은 '임창물산'의 근린호이다.

　내일모레에 아르헨티나를 떠날 근린호를 타면 대략 20일쯤 지나 한국에 도착할 수 있을 것이다.

　그가 굳이 비행기가 아닌 배를 선택한 것은 청림의 신분이 아직 불확실하기 때문이다.

　더군다나 아직까지 한국의 상황이 어떻게 돌아가는지 모르는 상태에서 섣불리 움직일 수 없다는 것도 한몫을 했다.

　출발 시각과 화물 선착장의 번호까지 숙지한 태하는 다시 호텔로 돌아가기 위해 발길을 돌렸다.

　"가는 길에 식사나 하고 들어가지."

"예, 오라버니."

태하는 근처 햄버거 가게에서 간단히 끼니를 때우고 돌아
갈 생각이다.

그런데 그들의 뒤로 아주 은밀한 시선이 느껴졌다.

시가지 골목 곳곳에 세워져 있던 자동차 사이드미러에 비
친 그들의 모습이 태하에게 또렷이 보였다.

"미행?"

"누군가 오라버니의 정체를 간파한 것일까요?"

"그거야 모르지."

저들이 누구인지는 모르겠으나 이렇게 대놓고 미행을 하는
것을 보면 결코 일반인은 아닌 것 같았다.

태하는 사람들이 많은 곳에서 소란을 피울 수 없으니 자리
를 옮겨서 시시비비를 가리기로 했다.

태하와 청림은 초상비를 전개하였다.

파바바밧!

건물과 건물 사이를 지그재그로 밟고 옥상까지 올라간 두
사람은 건물과 건물을 뛰어넘으며 달렸다.

그러자 그들의 뒤로 역시 같은 방법으로 사람들이 따라붙
었다.

파밧!

굳이 뒤를 돌아보지 않아도 저들이 내는 바람 소리와 내공

의 운용 등으로 상대의 기량을 파악해 낸 두 사람이다.

"이젠 아주 대놓고 따라붙는군."

"저들도 무인인 것 같습니다."

"그것도 보법이 아주 제법이야. 속세에 있는 무인치곤 꽤 고강한 보법을 가졌어."

"어떻게 처리하실 겁니까?"

"일단 얼굴을 마주 보고 검을 섞어봐야겠지?"

무인은 출신 문파나 가문에서 배운 무공만을 사용하기 때문에 검을 몇 번 섞어보면 그 정체를 대략적으로 파악할 수 있다.

물론 귀동냥으로 아름아름 들어온 것이지만 손톱만큼의 단서만 있어도 충분할 것이다.

태하는 금강석 팔찌를 검으로 만들었다.

"장검."

스릉!

속이 훤히 들여다보이는 다이아몬드로 이뤄진 장검이 태하의 손에 쥐어졌다.

그는 급격히 전개하던 보법을 끊고 신형을 뒤로 돌렸다.

파륵!

"허, 허억!"

추격자들의 입에서 절로 비명이 흘러나온다.

제아무리 경공술이 뛰어난 사람이라도 가속도의 법칙은 무시할 수 없으니 태하처럼 급브레이크를 잡았다간 아킬레스건이 끊어질 것이다.

하지만 태하는 이미 인간의 경지를 뛰어넘었다.

"주작 폭렬신장!"

스스스스, 퍼엉!

마치 주작의 날개에서 불꽃이 피어나듯 폭발하는 장력이 검 끝을 타고 다섯 명의 추격자에게 날아갔다.

콰앙!

"크헉!"

인간계에서 날고 긴다는 그들일 테지만 상대를 잘못 골라도 한참 잘못 골랐다.

일장에 내장이 다 뒤틀려 버린 추격자들은 노란색 물을 마구 토해냈다.

"우웨에에엑!"

태하의 장에 맞은 다섯 명 모두 연신 위액을 쏟아내며 엄청난 위통을 호소했다.

아마도 검풍에 정통으로 맞아 위장이 모두 뒤틀리고 내장이 진탕된 것으로 보였다.

위경련은 제아무리 정신 수양을 오래한 사람이라고 해도 그 고통을 인내하기는 힘들 것이다.

"말을 잘 들으면 위경련을 손봐줄 수도 있다. 난 의사거든."

"…허억, 허억! 이런 악랄한 수법을 보았나?!"

"악랄하다? 검풍에 잘못 맞아 위가 뒤틀린 것은 내 잘못이 아니라 너희들의 내공이 부족한 탓이다. 무공의 무 자도 모르는 무지렁이들이군."

다섯 명 중 한 명이 태하에게 손을 내민다.

"사, 살려……."

"…자네, 영구 제명당하고 싶나?!"

"그렇지만 너무 괴롭습니다!"

바로 그때, 저 멀리서 한 여인이 날아올랐다.

"잠깐!"

태하가 고개를 돌려보니 길이 3미터의 언월도를 든 여인이 서 있다.

'특이한 무기를 가지고 있군.'

베는 것이 아니라 찌르는 공격이 주를 이루는 창술에 검법을 더한다면 언월도의 고수가 될 수도 있지만, 잘못하면 어중간한 피라미가 될 수도 있었다.

하지만 그가 보기에 그녀는 어느 정도 경지를 이룬 것 같았다.

"사람의 위장을 뒤흔들어 놓다니, 사술을 익힌 것이 분명하군."

"……?"

"어디서 무얼 하다 온 놈인지는 몰라도 오늘 이곳에서 살아 나갈 생각은 하지 않는 것이 좋을 것이다!"

영문도 모른 채 추격을 당한 것으로도 모자라 자신의 목숨을 빼앗아가겠다니 태하는 기가 막혔다.

"무인이라고 아무나 막 죽여도 되는 건가? 해도 너무하는 군."

"닥쳐라!"

태하는 자신을 왜 따라온 것인지 묻고 싶었으나 워낙 맹렬하게 달려드는 그녀 때문에 뜻을 이루지 못했다.

"좋아, 정 죽고 싶다면 소원대로 해주지."

그는 오늘 저 안하무인의 여인을 제대로 손봐주기로 했다.

＊　　　　＊　　　　＊

위시현은 정체불명의 괴한이 무기를 자유자재로 바꾸는 모습을 보았다.

철컥!

길이 60㎝의 검이 순식간에 너클로 바뀌는 것은 좀처럼 구경하기 힘은 모습이다.

'뭐지? 어떤 문파의 신물을 가지고 있는 것인가?'

혹자는 신물이 어중이떠중이 검객을 제일고수로 바꾸어준다고 말하지만 그녀는 그 말을 믿지 않았다.

장비를 탓하는 것은 하수들이나 하는 짓이기 때문이다.

그녀는 호기롭게 자신의 부하들을 쓰러뜨린 괴한을 혼내주고 경찰서로 데리고 갈 작정이다.

"법의 심판을 받아라!"

"웃기는 놈들이군. 누가 범죄자라는 것이냐?"

"그딴 소리는 경찰서에 가서나 지껄이도록!"

위시현의 검은색 언월도가 마치 승천하는 용처럼 굽이쳐 괴한의 신형을 갈라갔다.

"헙!"

칠성창법의 오행창격이 열네 개의 허초를 만들어냈으니 어지간한 고수가 아니고서야 살이 갈라질 것이 분명했다.

하지만 그녀의 창은 허공을 갈랐다.

부웅!

'피했어?'

오행창격은 허초와 실초를 구분하기가 상당히 까다롭기 때문에 창의 길을 모두 꿰뚫고 있지 않는 한 피하는 것이 불가능하다.

하지만 그는 피하는 것으로도 모자라 창을 손으로 잡아챘다.

턱!

"허, 허억!"

"이런 창법은 집에 가서 소꿉장난할 때나 쓰거라!"

그녀의 신형이 순식간에 공중으로 붕 떠올랐다.

휘릭!

"⋯⋯?!"

괴한이 그녀의 창을 위로 쳐올려 위시현을 높이 띄워버린 것이다.

이때 상당한 경지의 장력이 그녀를 서서히 밀어냈는데, 위시현은 도무지 저항을 할 수가 없었다.

아마도 극과 극의 내력 차이 때문에 벌어진 일 같았다.

"제기랄!"

그는 높이 떠오른 그녀의 신형을 향해 한달음에 뛰어올랐다.

파밧!

마치 섬광이 번쩍이는 듯이 움직이는 그의 보법은 가히 일품이라 할 만했다.

'고수다!'

잠시 후, 그의 양손이 위시현의 목덜미와 허벅지를 잡았다.

턱!

"어, 어라?"

"허리가 부러진다고 해도 나를 원망하지는 마라!"

이윽고 그녀의 신형이 아래로 떨어져 내리다가 허리가 절반으로 접혀 버렸다.

빠각!

"으아아아아악!"

그는 공중으로 무려 5미터나 뛰어올랐다가 그녀의 허리를 무릎으로 찍어 몸통을 반대로 접어버린 것이다.

위시현은 지금껏 살아오면서 가장 끔찍하고 괴기한 고통을 겪었다.

허리가 부러지면서 그녀의 신경 다발이 뼈와 뼈 사이에 끼어 근육이 시리고 송곳으로 찌르는 듯이 쑤셔왔다.

"으악, 으아아아아악!"

"하룻강아지가 범 무서운 줄 모르고 덤비면 이렇게 된다. 이제 잘 알았나?"

그녀는 이 엄청난 고통을 이겨내면서도 한 가지 의문이 들었다.

'…무공을 익힌 흔적이 전혀 보이지 않는데 도대체 어디서 이런 고강한 무공이 나오는 것이지? 또한 이 유술은 어느 문파에서 온 것인가?'

무공의 깊이가 너무 깊으면 오히려 무공을 익히지 않은 사람과 같이 보인다고 하였다.

위시현은 머리가 복잡해졌다.

'설마하니 이 사람이 화경의 경지를 넘은 고수?'

괴한은 바닥에 쓰러져 거동도 하지 못하는 그녀에게 다가 왔다.

"무인이라고 해서 약한 자를 막 다뤄도 된다는 법은 없다."

"……."

그녀는 다시는 범인으로 살아갈 수 없다는 것을 잘 알고 있다.

이미 허리가 반으로 쪼개지면서 그녀의 단전이 파괴되어 버 렸기 때문이다.

하지만 한 가지 의문점은 반드시 해결하고 싶었다.

"도대체 어느 지역의 어떤 문파이기에 이렇게도 악랄하게 사람을 두들겨 패고 범죄까지 저지르는 것이냐?"

"범죄?"

"남의 계좌를 도둑질하고 그 돈을 횡령하는 것은 범죄행위 다. 아무리 상식이 모자라도 그런 것까지 모른다고 하지는 않 겠지?"

그는 고개를 갸웃거렸다.

"뭐가 어째? 내가 뭘 어쨌다고?"

"우리 명화은행 사외이사의 계좌를 건드렸다. 만약 발뺌하 겠다면 계좌의 출금 내역을 당장 보여줄 수도 있다."

"으음, 그러니까 내가 외숙의 계좌를 건드려서 추격하기 시작한 것이군. 이런……."

"외숙?"

그는 바닥에 누워 있는 그녀의 허리를 펴서 뼈를 맞춰주었다.

뚜두두둑!

"끄으으으윽!"

허리는 다시 꼿꼿이 펴졌고 파괴된 단전도 이내 회복되었다.

"……?"

그녀는 괴한이 갑자기 친절해진 이유가 궁금해졌다.

"함께 가지. 궁금증을 풀어주겠다."

그는 바닥에 누워 있는 부하들의 혈도까지 모두 풀어준 이후 호텔 프란체스코로 향했다.

*　　　　*　　　　*

한차례 소란을 겪고 난 후 태하와 위시현은 서로가 적이 아니라는 사실을 확인할 수 있었다.

그녀는 태하에게 몇 번이고 머리를 조아렸다.

"죄송합니다. 제가 사람을 잘못 알아보고 다짜고짜 창부터 휘둘렀군요. 뭐라 드릴 말씀이 없습니다."

"아닙니다. 그런 골치 아픈 일이 벌어지고 있었다니, 그 어떤 누구라도 흥분하지 않을 수 있겠습니까?"

"그리 이해해 주시니 뭐라 감사를 드려야 할지……."

위시현은 스스로를 제어하지 못하고 실적에 눈이 멀어 멀쩡한 사람을 잡았다는 것이 부끄러운 모양이다.

아까부터 그녀는 연신 고개를 조아리며 미안하다는 말만 반복했다.

태하는 이제 정식으로 자기소개를 하기로 했다.

"아무튼 만나서 반갑습니다. 저는 김태하라고 합니다."

"당신이 바로 김태하 선생님이군요. 말씀 많이 들었습니다. 전도유망한 의사라고 명성이 자자하더군요."

"과찬이십니다. 그래봤자 매일 수술실에 틀어박혀 사는 나부랭이인 걸요."

"그나저나 이렇게 고강한 무공을 가지고 계시다니 정말 의외입니다. 밖에선 김태하 선생님을 무공과 전혀 관련이 없다고 생각하거든요."

"알고 있습니다. 아마도 다들 그렇게 생각하겠지요. 실제로 저는 명화방이나 사성회의 무예를 익힌 적이 없으니까요."

"그렇다면 어떤 재야 고수의 제자로 들어가신 겁니까?"

"그런 셈입니다."

"으음, 그렇군요. 그렇다면 이 모든 상황이 이해가 갑니다. 아무도 모르는 재야 고수의 문하로 들어가 무예를 익혔다면 방의 그 어떤 사람도 눈치채기 힘들었겠지요."

명화방의 사람을 만났으니 이제 상황이 어떻게 돌아가는지 알아볼 수 있게 되었다.

그는 외숙의 얘기부터 명화방과 사성회의 얘기를 물었다.

"제가 사라지고 나서 많은 일이 있었을 것 같습니다."

"예, 그렇습니다. 가장 먼저 사성회와 명화방이 당문을 추격하기 위하여 조사단을 구성하였습니다."

태하는 주먹을 부르르 떨었다.

'당문!'

언젠가는 그 정체를 밝혀 복수를 해야 할 원수가 당문이라는 사실을 익히 잘 알고 있는 태하이다.

아마 사성회와 명화방 역시 그들이 종횡무진 설치고 다니는 것을 간파하고 칼을 뽑아 든 것으로 보였다.

"그 와중에 모리시타 가문의 후기지수인 츠바사 모리시타 부장님께서 실종되었습니다."

츠바사는 태하와 이종사촌지간이다.

어려서부터 자주 봐온 사이이기에 친분이 상당히 깊다고 볼 수 있었다.

"츠바사가 실종되었다니······."

"당문을 조사하던 과정에 실종되었으니 중국 흑사회나 당문이 고용한 재야 고수들에게 납치당한 것으로 보고 있습니다."

"그렇군요."

태하는 어서 중국으로 가야 할 필요성을 느꼈다.

'부모님이 살해당한 마당에 츠바사라고 멀쩡할 리가 없다. 어서 빨리 녀석을 구해주어야 해.'

그는 위시현에게 중국행을 부탁했다.

"팀장님, 초면에 이런 말씀을 드리긴 좀 뭣합니다만 부탁 하나 하겠습니다."

"말씀하시지요."

"저와 제 동료를 중국으로 보내주십시오. 이 은혜는 두고두고 갚겠습니다."

그녀는 태하의 부탁을 아주 흔쾌히 받아들였다.

"은혜라니요. 당치도 않습니다. 여권과 비행기 티켓을 구해드리겠습니다. 또한 가시는 길에 무슨 일이 생길지 모르니 저희들이 수행하겠습니다."

"아닙니다. 그렇게까지 신세를 질 수는 없지요."

"신세라고 생각지 마십시오. 그렇게 말씀하시면 제가 얼굴을 들 수가 없습니다. 저는 천지 분간도 못 하고 선생님을 때려죽이려 했으니 평생 절을 하고 살아도 모자랍니다. 부디 저의 동행을 허락해 주시지요."

이렇게까지 말하는 그녀를 더는 뿌리칠 수 없었다.

"그럼 중국까지만 동행해 주시는 것으로 하시지요."

"감사합니다. 조금이나마 은혜를 갚을 수 있겠군요."

"하하, 아닙니다. 저도 팀장님의 허리를 반으로 접어버렸으니 잘못한 것은 마찬가지 아니겠습니까?"

"그건 정당한 싸움에 의해 벌어진 상황이었습니다. 그리고 지금 상태를 봐선 사나흘이면 완전히 나을 것 같으니 잘못하신 것 없습니다."

그녀는 태하에게 출발 날짜를 말해주었다.

"안 그래도 중국 쪽 동향을 살피기 위해 상하이로 가려던 참입니다. 그 비행기 스케줄에 두 분을 넣어드릴 테니 함께 가시죠. 출발 날짜는 이틀 후입니다."

"알겠습니다."

중국행이 결정되고 나니 위시현의 시선이 자연스레 청림에게로 향한다.

"그나저나 저 아름다운 미인은 누구십니까?"

그녀의 질문에 청림이 대신 답했다.

"수행원쯤으로 생각하시면 됩니다."

"아하, 비서시군요."

"그렇다고 볼 수도 있지요."

"저는 오라버니라는 호칭을 사용하시기에 두 분이 연인 사이라고 생각했습니다."

청림은 고개를 가로저었다.

"그럴 리 없습니다. 오라버니와 제가 맺어지는 것은 불가능하거든요."

"……?"

태하는 속으로 한마디를 삼켰다.

'신수와 인간이 맺어질 리가 없잖습니까?'

이제 청림까지 소개했으니 중국으로 떠날 일만 남은 셈이다.

*   *   *

중국 충칭에는 초대형 무인 집단인 백명회와 그 산하의 대기업 백명그룹이 자리 잡고 있다.

이들은 충칭에서 가장 큰 재벌로 손꼽히며 백명회의 영향력은 지방정부를 들었다 놓았다 할 정도였다.

충칭 시가지 번화가 술집 거리에 백명회의 무인들이 모여들었다.

"자자, 건배!"

"건배!"

거리의 한 집 건너마다 무인들이 빽빽이 들어차 있었지만 정작 술집 주인들의 표정은 그리 좋지가 못했다.

백명회는 충청의 던전들을 총괄하고 있는데, 그중에 하나가 바로 이 술집 거리 인근에 자리 잡고 있기 때문이다.

원래 충청의 번화가는 몬스터들의 습격으로 인해 거의 반파되다시피 했지만 최근 10년 사이에 다시 살아나는 추세이다.

일화권법을 앞세운 불세출의 무인들이 던전을 정리하는 데 대거 기용되면서 번화가가 다시 활기를 되찾게 된 것이다.

백명회는 이곳을 정리하는 데 들어간 비용을 지방정부에 요구하였고, 그들은 요구한 금액을 전부 지원해 주었다.

한데 문제는 지방정부가 가지고 있던 돈이 전부 백명회에게로 들어가면서 도시를 재건할 수 있는 돈이 다 떨어진 것이다.

결국 피해를 입은 상인들이 그 모든 부담을 짊어지고 울며 겨자 먹기로 장사를 할 수밖에 없었다.

상인들은 매출의 거의 20%에 가까운 돈을 보호 세금과 도시 재건 비용으로 지불하고 있으며, 그에 부합되지 않으면 곧바로 압류에 들어가게 된다.

물론 상인들이 이러한 정책에 반발 의식을 느끼지 않는 것은 아니지만 백명회가 사라지고 나면 그나마 남은 삶의 터전마저 잃어버릴 테니 입을 다물고 있을 수밖에 없었다.

상황이 이러한데 무인들은 한 술 더 떠서 술주정에 패싸움까지 행패를 부리기에 여념이 없었다.

쾅!

"어이, 아줌마! 여기 치킨이 왜 이렇게 눅눅해?! 요즘 TV에서 치맥이 인기라고 하던데 장사가 퍽 잘되는 모양이지?!"

"…죄송합니다. 다시 튀겨 드릴게요."

"에잇, 됐어! 대신 치킨값을 안 내면 되는 것 아닌가?"

"……."

"왜? 불만이야? 가게 빼고 싶어?"

"아닙니다. 많이 드세요."

안하무인에 인면수심의 행패를 가만히 당하고만 있어야 하는 상인들의 눈에선 눈물이 마를 날이 없었다.

이 모습을 가만히 지켜보는 사람이 있었으니, 바로 사성회의 이세민이다.

'백명회는 원래 도인들이 일으킨 세력인데 지금은 아주 양아치 소굴이 다 되었구나.'

이세민이 기억하는 백명회는 신의와 협을 지키는 진짜 무인들이었다.

하지만 세월이 지나면서 그들의 의협도 색이 바래 뒷골목 시정잡배와 다를 바가 없어졌다.

닭으로 만든 요리를 워낙 좋아하다 보니 이틀에 한 번씩 치킨을 먹는 이세민이다.

오늘 이곳에서 저녁을 때우기 위해 찾아왔다가 괜히 못 볼 꼴만 보고 돌아가게 생겼다.

"부회장님, 가시지요."

"그럼 그럴까?"

자리에서 일어나 숙소로 돌아가려는 이세민에게 무인들이 다리를 걸었다.

툭.

그는 찰나의 순간에 시선을 아래로 돌려 아무개 무사의 다리를 바라보았다.

다리의 각도가 아주 미묘하게 틀어져 있는데, 만약 여기에 걸려 넘어지면 상이 엎어질 것 같았다.

'이놈, 나를 넘어뜨려 상을 엎고 행패를 부릴 생각이구나.'

사람을 쥐어 패는 데 흥미를 느끼는 놈들인지 시비를 걸 궁리를 하는 수준이 제법이다.

그는 잠시 그들의 장단에 놀아나 주기로 했다.

"어이쿠!"

쨍그랑!

이세민은 일부러 그들의 상에 철퍼덕 엎어져 버렸고, 아무개 무사들이 자리를 박차고 일어섰다.

"이 늙은이가 정신이 나갔나?! 지금 이게 뭐하는 짓이야?!"

"…미안하게 되었소. 이 노인네가 눈이 어두워서 말이외다."

"그럼 눈을 갈아 끼우든지 해야지 왜 여기서 행패야?"

"큭큭! 요즘 시중에 눈알을 팔던데 가서 얼른 갈아 끼워보든가?"

"낄낄낄낄!"

세상천지에 어떤 천둥벌거숭이가 심약한 노인을 조롱하며 놀릴 수 있는지 천인공노할 일이다.

그러나 그는 오히려 고개를 숙였다.

"미안하오. 내 사과하겠소. 만약 치킨값이나 술값을 배상하라면 하겠소."

"좋다! 여기 치킨 한 상 다시 차려오고 술도 고급으로 가져와 봐!"

치킨집 주인은 안절부절못하고 눈치만 보고 있다.

그는 옆구리에 카드를 찔러주며 말했다.

"원하는 만큼 차려줘요."

"하지만……."

"괜찮습니다. 걱정하지 마세요. 절대로 피해가 가는 일은 없을 겁니다."

"알겠습니다."

이세민은 술값에 치킨값까지 계산해 주고 자리를 떠났다.

다음 날, 백명회에 난리가 났다.

동북아 무인 집단 중에서도 거의 최상위에 자리 잡고 있는 사성회가 정식으로 항의를 해 온 것이다.

"…어떤 무식한 놈들이 이세민 부회장에게 그런 미친 짓을 한 거야?!"

"그, 그게……."

백명회의 회주이자 백명그룹의 회장 백희찬은 책임자를 잡아 문책하도록 지시하였다.

"놈들을 잡아다 손목을 잘라 버려."

"손목 가지고 되겠습니까?"

"…그렇다고 목을 칠 수는 없지 않나? 세상에 어떤 사람들이 치킨 때문에 사람을 죽이겠어?"

"그렇긴 합니다만……."

바로 그때, 인터폰이 울린다.

따르르르릉!

―회장님, 사성그룹 이세민 부회장님께서 오셨습니다.

그는 올 것이 왔다고 생각했다.

'빌어먹을 노인네, 도대체 무엇 때문에 일부러 그런 일을 벌인 것이지?'

이세민의 무공이 현경의 경지에 이른 지 10년이 넘었다는 사실은 지나가는 강아지도 다 아는 사실이다.

고강한 무공을 가진 이세민이 다리에 걸려 넘어졌다는 것은 상식적으로 이해하기가 힘든 부분이다.

그러나 일이 이렇게 일파만파 커져 버렸으니 백희찬의 입장에선 입이 열 개라도 할 말이 없었다.

잠시 후, 이세민이 문을 열고 들어섰다.

"계시오?"

"험험, 들어오십시오."

한 집단의 회주이지만 연배나 항렬로 따지면 거의 손자뻘 되는 백희찬인지라 깍듯이 존대를 할 수밖에 없었다.

연배와 항렬로도 밀리는데 문하가 사고까지 쳐놓았으니 뭘 하던 한 수 접을 수밖에 없는 상황이다.

이세민은 그를 보자마자 꾸벅 고개를 숙였다.

"반갑습니다. 이세민입니다."

"아, 예!"

만약 평소와 같았다면 거드름을 피울 수도 있겠지만 어제의 그 사건 때문에 이러지도 저러지도 못했다.

앞으론 치킨이라면 쳐다보지도 않겠노라 다짐하는 백희찬이다.

이세민은 백희찬에게 단도직입적으로 말했다.

"문하를 좀 정리하셔야겠더군요."

"……."

"세상에 어떤 무인이 처음 보는 노인의 발을 걸 수가 있겠습니까?"

"죄송합니다."

"뭐, 회주께서 사죄할 것은 없지요. 어차피 그런 사람들이 문파에 남아 있어봐야 좋을 것 없을 테니 말입니다."

대놓고 문하를 깎아내린 이세민이지만 백희찬은 대꾸조차 할 수가 없다.

그가 꿀 먹은 벙어리가 되어 있을 때 이세민은 자신이 이곳을 찾은 진짜 이유에 대해서 털어놓았다.

"일화신장에 맞아서 사망한 저희 문하가 있습니다. 아시는지요?"

"……?"

"사성회 김명화 총괄이사 말입니다."

순간 백희찬은 자신의 귀를 의심했다.

"…뭐가 어째요?"

"제가 알기론 일화신장에 맞아 타격을 받은 흔적이 있다고 하던데요."

백희찬은 기가 차서 말도 제대로 나오지 않았다.

"아무리 저희 문하가 잘못을 했다고 해도 그런 식으로 사람을 매도하는 법이 어디 있습니까?"

"매도한 적 없습니다. 일화신장을 맞아 죽은 것은 확실하니까요."

이세민은 부검이 끝난 김명화의 시신이 찍힌 사진을 보여주었다.

"자, 자세히 보시지요. 부검의가 말하기론 엄청나게 묵직한 둔기에 맞았다고 합니다."

"……."

그는 사진을 아주 세밀히 관찰해 보았다.

사진 속 김명화는 정말로 복부에 일화신장에 맞은 흔적이 자리 잡고 있었다.

칼을 맞아 상흔이 잘 보이지는 않았지만 백명회의 회주이자 일화신장의 최고수인 백희찬이 그것을 못 알아볼 리 없었다.

순간, 그는 이 모든 것이 자신을 음해하려는 이세민의 계략이라고 생각했다.

'하지만 무엇 때문에? 사성회 정도면 굳이 우리를 밟고 일어서지 않아도 충분히 강성한 세력인데.'

그의 저의가 무엇인지 알 수는 없어도 이대로 억울하게 살인자 누명을 쓸 수는 없었다.

백희찬은 어제 사고를 친 문하들을 불러냈다.

"밖에 누구 있나? 가서 어제 사고를 친 놈들을 불러와라!"

"예, 회장님."

잠시 후, 얼굴이 피떡으로 변해 버린 문하들이 쭈뼛쭈뼛 들어섰다.

"부, 부르셨습니까?"

"…네놈들이 천지 분간을 하지 못하고 날뛰는 바람이 우리 사문의 이름에 먹칠을 했다. 그러니 지금 이 자리에서 문하를 정리해야겠다."

"버, 벌은 이미……."

"말이 많구나!"

백희찬은 거침없이 제자들의 내단에 일화신장을 휘갈겼다.

콰앙!

"쿨럭쿨럭!"

"앞으로 평생 무공을 연성할 수 없을 것이다. 만약 다시 한번 검을 잡았다간 심장을 파괴시켜 주마."

"……."

이세민은 쓰러져 있는 사람들은 쳐다보지도 않고 말했다.

"제가 당한 수모는 아무래도 좋습니다. 이제 곧 죽을 내가 아쉬울 것이 뭐가 있겠습니까? 하지만 우리 사성회의 차기 회주인 명화를 죽인 것은 너무했습니다."

"…글쎄, 우리는 그런 적이 없다고 하지 않습니까?"

"그럼 일화신장의 흔적은 도대체 어떻게 설명하실 생각입니까?"

백희찬이 생각하기에 아무래도 크나큰 오해가 있는 것 같았지만 이미 어제의 일로 이세민의 의심은 단단하게 굳어진 것 같았다.

'잘못하면 전쟁이 벌어지겠구나.'

지하 세계의 전쟁이 하루 이틀의 일은 아니지만 이번 싸움은 그 정도가 심각했다.

다른 사람도 아니고 무려 사성회주의 후계자라니 일이 꼬여도 제대로 꼬여 버렸다.

백희찬은 더 이상 그에게 수를 접어주지 않기로 했다.

'그래, 이렇게 된 바에 숙이고 들어갈 필요 없지. 어차피 이놈들은 우리를 언제라도 치겠다는 기세이니.'

그는 이내 표정을 굳혔다.

"만약 전쟁을 원해서 오신 것이라면 굳이 피하지는 않겠습니다."

"그렇다면 혐의를 순순히 인정하시는 겁니까?"

"…몇 번을 말합니까? 우리는 김명화 이사를 죽인 적이 없습니다. 그리고 우리 사문에서 그를 쓰러뜨릴 사람이 얼마나 되겠습니까? 그들의 알리바이를 일일이 다 설명해 드려야 믿으시겠습니까?"

처음부터 저자세로 나가던 백희찬이지만 결국엔 언성을 높이기에 이르렀다.

평정심을 잃은 면이 없지 않아 있었지만 그 수가 조금은 통한 모양이다.

"흐음, 그렇게까지 말하신다면야 조금 더 지켜보도록 하겠습니다."

"지켜보고 자시고 할 것도 없이 우리는 아닙니다. 두 번 말하게 만들지 말아주시지요."

"좋습니다. 이만 돌아가 보겠습니다. 실례 많았습니다. 혹여 결례가 되었다면 그저 노망이 난 늙은이의 행패였다고 생각해 주십시오."

"……."

한바탕 백명회를 뒤집어놓은 이세민이 돌아가자 백희찬은 온몸의 힘이 쭉 빠지는 것을 느꼈다.

'제기랄, 보통이 아닌 늙은이군.'

그는 내단이 파괴되어 쓰러져 있는 제자들을 내쫓아 버렸다.

"꺼져라. 다시 한 번 내 눈에 띄면 아주 묵사발을 내주마."

"예, 사부님! 그럼……."

백희찬은 백명회의 수뇌부를 소집하였다.

"사백과 사숙들을 모셔라. 이 일에 관하여 긴히 상의 좀 드려야겠다."

"예, 회장님."

그의 눈동자에 이기가 서리는 것 같다.

*　　　　*　　　　*

중국 사천의 한 누각.

휘이이이잉!

시원한 바람이 불어오는 허름한 정자 위에 술잔이 하나 놓여 있다.

"쿨럭쿨럭!"

술잔에선 은은한 풀 냄새가 풍겨나고 있었다.

이 냄새를 맡고 쓰러져 있는 사람은 바로 명화방의 후기지수 츠바사 모리시타였다.

그는 온몸에 붉은 두드러기가 올라와 있고 곧 피를 토할 듯이 가슴을 쳐댔다.

쿵쿵쿵!

"…캑캑, 캑캑캑!"

술잔 안에는 내공을 가진 사람의 몸을 서서히 썩어 들어 가게 만드는 독이 들어 있었다.

섭향무반독이라 불리는 이 물질은 무려 100년에 걸쳐 만들어진 궁극의 화학 혼합 독이었다.

그는 고통을 누그러뜨리기 위해 좌선을 했다.

턱!

"후우……!"

명화방의 일월심법을 연공하기 시작하자 그의 몸을 감싸고 있던 두드러기가 점차 사라져 가는 듯 보였다. 하지만 그의 몸속에선 이미 부패가 진행되는 중이었다.

츠바사는 이모와 이모부의 복수를 다짐하며 이곳에 왔지만 끄나풀이 쳐놓은 함정에 빠지고 말았다.

설마하니 츠바사의 협박을 받고도 놈들과 손을 잡을 줄은 꿈에도 몰랐던 것이다.

그는 자신의 부족함을 통탄했다.

'백부님의 말이 맞았다. 나는 아직 세상 물정을 너무 몰라. 제길, 너무 날뛰고 돌아다닌 것인가?'

츠바사가 이곳까지 온 데에는 무공에 대한 자만심과 남을 깔보는 오만함이 한몫을 했다.

만약 이곳에서 살아나간다면 다시는 이런 어리석은 짓을 하지 않겠으나 그럴 확률은 극히 적을 것이다.

돌이킬 수 없는 상황에서의 늦은 후회는 의미가 없다.

잠시 후, 그의 곁으로 다섯 명의 끄나풀이 다가왔다.

"흥, 꼴좋다! 그렇게 설치고 다니더니 결국엔 폐인이 되어버렸잖아?"

"……."

"낄낄낄, 이놈의 표정 좀 봐. 아주 가관인데?"

극도의 분노로 인해 눈썹까지 덜덜 떨리는 츠바사에게 배신자들의 조롱이 쏟아졌다.

"으음, 이제는 정말로 못 움직이는 건가?"

"숨은 붙어 있지만 움직이지는 못할 거야. 속에서부터 점점 부패가 시작되고 있거든."

"킄킄, 그럼 이렇게 해도 상관없겠군."

배신자 중 한 놈이 바지춤을 내리고 그의 얼굴에 오줌을 마구 내갈기기 시작했다.

솨아아아아!

"어허, 시원하다!"

"좋아, 그럼 나도?"

다섯 명 모두 양물을 꺼내놓고 배설하는 현장에 가만히 앉은 츠바사의 눈에서 핏물이 떨어져 내렸다.

"……."

"어라? 이놈 지금 피눈물을 흘리는 거야?"

"낄낄낄, 울화통이 터져서 피까지 뿜어져 나오는 모양이군."

"쳇, 잘난 척은 혼자서 다 하더니 아주 꼴좋게 되었네."

잠시 후, 두 명의 복면인을 대동한 당문의 당청진이 나타

났다.

"뭐하는 짓들인가?"

"보스 오셨습니까?!"

당청진은 오줌 지린내가 진동하는 츠바사를 바라보며 조소했다.

"홋, 이런 재미있는 것을 너희들끼리만 하고 있었단 말인가? 치사한 놈들이군."

"낄낄낄, 그럼 보스도 한 방 시원하게 갈기시지요."

"으음, 그럼 그럴까?"

거대한 양물을 가진 당청진이 오줌보를 열자, 그 안에서 마치 사람의 시신이 썩어 들어 가는 냄새가 풍겨왔다.

"…역시 독공을 익힌 사람은 오줌부터가 다르구나!"

"후후, 영광인 줄 알아라. 우리 가문의 비전을 먹고 무럭무럭 자라난 배설물이다."

"……."

이윽고 당청진은 두 명의 복면인에게 말했다.

"쳐라."

"예, 회장님."

두 복면인이 검을 뽑아 들었다.

챙!

그들이 뽑은 검은 은은한 매화 향을 남기며 츠바사의 등짝과 가슴을 난자하기 시작했다.

좌라라라락!

"쿨럭쿨럭!"

대략 30번의 칼질이 그치고 났을 때엔 이미 츠바사의 신형
은 허물어져 내린 이후였다.

"아아……!"

당청진은 수하들에게 자동차 열쇠를 건넸다.

"알아서 처리해라."

"은밀히 묻어버릴까요?"

"…은밀히 묻어버릴 것이라면 내가 왜 이런 지랄을 했겠어?
안 그런가?"

"아하! 그럼 상하이 동방명주 한복판에 유기해 버리겠습니
다."

"이제야 말이 좀 통하는군."

당청진은 다섯 명의 수하에게 돈뭉치 두 개를 건넸다.

"받아라. 용돈이다."

"…감사합니다!"

다섯 명의 배신자에게 이끌려 자동차 트렁크에 실린 츠바
사는 서서히 그 숨이 끊어져 가고 있었다.

*　　　　*　　　　*

인도 뭄바이의 제스틴 호텔 스카이라운지에 엘리베이터가 멈추어 섰다.

팅!

엘리베이터의 문이 열리자 어둠 속을 뚫고 한 여성이 내렸다.

"…이런 곳에서 무슨 미팅을 한다는 거지?"

명화그룹의 마케팅 본부장 장지원은 신룡기획의 미팅 제의로 인해 굳이 인도까지 출장을 왔다.

비행기를 타고 일본에서 인도로 온 그녀는 바람을 맞은 것 같아서 심기가 불편했다.

"정말이지, 사람을 가지고 노는 데 타고난 사람들이군."

화가 머리끝까지 난 그녀가 돌아서려는데, 저 멀리서 한 남자가 모습을 드러냈다.

"장지원 본부장님?"

"…누구시죠?"

"신룡기획의 마케팅 담당 계동춘이라고 합니다."

"계동춘 씨? 처음 들어보는 이름인데요?"

"당연하지요. 본부장님께선 우리 회사에 대해서 잘 모르시지 않습니까?"

"……"

그녀는 엘리베이터의 하강 버튼을 눌렀다.

"어찌 된 영문인지는 몰라도 이런 미팅엔 나설 수가 없겠네요. 대표님께 안부 전해주세요."

"으음? 그럼 곤란하지요. 자꾸 이러시면 재미없습니다."

"……."

장지원은 계동춘의 태도가 상당히 마음에 들지 않았지만 어쩔 수 없이 엘리베이터를 타지 않았다.

딩동!

엘리베이터가 도착했음에도 타지 않는 그녀를 바라보며 계동춘이 비린내 나는 웃음을 지었다.

"큭큭, 역시 모성애는 대단하군요. 모든 것을 감내하게 만들지 않습니까?"

"…원하는 것이 뭡니까?"

"원하는 것? 별것 없습니다."

그는 슬그머니 아랫도리를 만지작거리며 그녀에게 다가갔다.

"중년의 나이이지만 외모만 놓고 본다면 이제 30대 후반으로밖에 보이지 않는군요. 게다가 이런 미인은 세상에 두 번 나오기 힘들지요. 또한 그 탄탄한 몸매… 이래서 남자들이 여류검객이라면 환장하는 모양입니다."

"……."

"어차피 남편도 없는 처지에 남자가 고팠던 것, 저도 잘 압니다."

"…정말로 죽고 싶어 환장한 모양이군."

"어라? 아들을 위해서라면 그 한 몸 바칠 수 있는 것 아니었습니까?"

그녀는 핸드백에 숨겨놓은 연검을 꺼내 들었다.

휘리리릭!

"네놈이 죽어서 다른 놈이 입을 열겠다고 설치면 그놈도 없애주마."

"으음, 이러면 곤란하지요. 우리 당문의 영향력이 어느 정도라고 생각하시는 겁니까?"

"기껏 해봐야 뒷골목 양아치 집단에서 하면 뭘 얼마나 할 수 있겠어?"

"쯧쯧, 아들이나 어미나 생각하는 것이 오십보백보군."

"…그게 유언이냐? 오랜만에 검을 잡았으니 결코 살려두지 않을 것이다. 유언이 있다면 지금 말해라."

"정말로 나와 같이 질펀하게 만리장성을 쌓지 않겠습니까? 진심입니다. 나는 예전부터 당신을…….."

"주둥아리에 재갈을 물려 바다에 던져놓아야 조용히 할 모양이군!"

그녀의 손에서 붉은빛 진기가 피어올라 천마신공의 위용이 스카이라운지를 물들였다.

여류 검객으론 흔치 않은 경지까지 오른 그녀는 언니인 장희원과 쌍벽을 이룰 정도로 고강한 무공을 지니고 있었다.

장지원의 손에서 마치 뱀처럼 부드러운 검기가 뻗어 나가 사내를 휘감을 듯이 덮쳐갔다.

스르르르릉!

천마신공과 일월신검을 익힌 그녀는 선녀처럼 고고하고도 독사처럼 표독스러운 검을 전개해 나갔다.

촤락!

붉은색 진기의 뱀이 계동춘의 몸을 감싸며 한차례 폭발을 일으켰다.

"허업!"

콰앙!

계동춘은 몸이 결박된 상태로 폭열을 맞아 그 신형이 먼지에 가려져 버렸다.

아마 화경 이상의 고수가 아니라면 폭발에서 살아남기 힘들 것이다.

하지만 놀랍게도 그는 아주 멀쩡하게 화염 속에서 걸어 나왔다.

"건곤일식의 폭염천사진, 잘 보았습니다. 말로만 들었지 실제로 본 것은 처음이군요."

"……!"

그녀는 계동춘에게서 엄청난 살기를 느꼈다.

'화경 이상의 고수다. 이런 고강한 내공을 가진 사람이 지금까지 당문에 숨어 있었단 말인가?'

장지원은 일순간 자신의 숨통을 죄어오는 은색 진기를 보았다.

스스스스스!

그녀는 이 진기를 분명 본 적이 있었다.

"태극권법?!"

"후후, 역시 식견이 넓군. 그 많은 남정네를 만나고 다녔으면서 왜 지금까지 혼자일까? 자못 궁금해지는군."

"…어디서 무당의 권법을 훔쳐서 흉내를 내는 모양인데, 그 치기를 오늘 내가 눌러주마!"

"끝까지 입은 살아 있어. 역시 당신의 표독스러운 점이 아주 마음에 든단 말이지!"

말은 아주 자신 있게 내뱉은 그녀이지만 과연 저 남자의 태극권법을 받아낼 수 있을지는 미지수였다.

'목숨을 거는 수밖에.'

그녀는 죽을 각오로 싸움에 임했다.

　　　　　*　　　　*　　　　*

10월 초순, 츠바사가 실종된 지 열흘 만에 발가벗겨진 상태로 발견되었다.

상하이 동방명주의 한복판에서 발견된 츠바사는 이미 몸통에 20개가 넘는 자상이 남겨져 있었다.

피투성이가 된 그이지만 가장 기가 막힌 것은 온몸이 오물 범벅이라는 것이다.

처음 츠바사가 경찰에 의해서 발견되었을 때는 그저 집을 잃은 것쯤으로 여겼다.

만약 경찰이 범죄 기록 조회를 위한 지문 감식을 실시하지 않았다면 명화방에서 이 소식을 접할 수 없었을 것이다.

명화그룹 부회장 장수원은 이미 식물인간 상태가 되어버린 츠바사를 일본으로 데려와 병원에 입원시켰다.

삐빅, 삐빅―

그는 폐인이 되어버린 조카를 바라보며 아무런 말도 할 수가 없었다.

"……."

"외삼촌……."

츠바사를 처음 발견한 경찰들은 그의 몸에서 매화의 꽃향기가 난다고 말했다.

또한 지금 이 자상 역시 매화의 봉우리를 닮아 있다.

"도대체 화산파에서 우리에게 무슨 원한이 있어 이런 짓까지 벌였단 말인가?"

화산파 매화검법의 혈화난무 초식에 당하여 식물인간이 되어버린 츠바사는 더 이상 검을 잡을 수 없을 것이다.

한마디로 화산파의 무공에 의해 명화방은 후기지수를 잃은 셈이다.

"도대체 우리 집안에 왜 이런 우환이 계속되는 것일까? 우리가 그렇게 죄를 많이 짓고 살았단 말인가? 아니다, 집안 단속을 제대로 못한 내 잘못이 크다."

렌은 자책하는 장수원을 위로하였다.

"삼촌, 이게 어떻게 삼촌의 잘못이에요? 장남이 모두를 다 보호해 줄 수는 없는 일이잖아요?"

"…장남은 그래야 한다. 그게 장씨 일가 종손의 숙명이니까."

"하지만……."

벌써 둘째 여동생 일가가 몰살을 당하고 셋째 동생의 아들까지 이 지경이 되어버렸으니 그는 앞으로 죽어서 조상들의 얼굴을 어떻게 보나 싶다.

하지만 그가 놀랄 일은 여기서 그치지 않았다.

드르륵!

"부회장님, 큰일입니다!"

"⋯⋯?"

문을 열고 들어온 사람은 명화방의 카즈야 쿠로다였다.

그는 떨리는 손으로 사진을 건넸다.

"이, 이걸⋯⋯."

"이게 뭔가?"

"한번 보시지요."

장수원은 카즈야 쿠로다가 건넨 사진을 보다가 기절할 뻔했다.

"⋯⋯!"

"…아무래도 지금 당장 움직이지 않으면 큰일을 치를 것 같습니다."

사진 속에는 태극권법의 우현지국장에 맞아 온몸이 퉁퉁 부어오른 장지원이 들어 있었다.

순간, 장수원의 손이 부들부들 떨려온다.

"이런 빌어먹을! 화산파와 무당파가 아주 우리와 악연을 맺으려 작정을 했구나!"

"부회장님, 사진을 보내온 남자의 말에 따르면 아직 장지원 본부장이 살아 있답니다."

"…놈이 어떤 매체를 통해 연락을 해왔나?"

"SNS의 비밀 글과 인터넷 팩스입니다."

"내 동생의 사진을 보내놓고 협박을 할 정도면 원하는 것이 있을 것 아닌가?"

"딱히 그런 구절은 없고 광저우에서 보자는 말밖에는 없었습니다."

"좋아, 이 장수원과 끝장을 보자는 말이지?"

"무인들을 준비할까요?"

"싸움을 걸어왔으니 응당 갚아줘야 하는 것이 인지상정 아니겠나?"

"예, 그럼 고수 100명을 준비하겠습니다."

"그리 해주시게."

장수원은 렌에게 츠바사의 간호를 맡겼다.

"중국에 다녀와야겠다. 네가 이곳을 지켜다오."

"하지만 삼촌, 일단 천 장로님께 연락을 드리는 편이……."

"아니다. 언제까지 장로님께만 매달릴 수도 없는 노릇이지. 나도 어엿한 후기지수다. 그분께 더 이상 손을 벌릴 수는 없어."

"삼촌의 뜻이 정 그렇다면 어쩔 수 없지만……."

"네가 걱정하는 것이 무엇인지 잘 안다. 하지만 내가 다칠 일은 절대로 없을 것이다."

"네, 알겠어요."

장수원은 오늘 처음으로 터질 듯한 살의를 경험하였다.

'내 동생들을 건드린 벌을 받게 해주마!'

그는 범인을 찢어 죽이겠다는 각오로 검을 잡았다.

*　　　　　*　　　　　*

일본 신주쿠에 위치한 KP그룹의 본사 건물로 대표이사 장주원이 복귀하였다.

KP무역은 명화그룹의 사외이사이자 코어 산업 부문 고문인 장주원이 장씨 일가의 자본금을 등에 업고 설립하였다.

20대 후반의 나이로 KP무역을 설립한 장주원은 동북아시아 최초로 미국 맨해튼과의 코어 교역권을 따낸 이후 파죽지세로 전 세계 18개국의 코어 통상 무역권을 취득하였다.

코어 교역을 기반으로 하여 문어발식으로 사업을 확장한 KP그룹은 연이은 인수 합병으로 몸집을 불려 지금의 그룹을 일궈냈다.

현재 시가총액 5조 원에 달하는 거대 기업으로 성장한 KP무역은 사실상 장씨 일가의 두 번째 자금줄이라 할 수 있었다.

그러나 사실상 대표이사이자 그룹의 총수인 장주원은 대외적으로 '이사'로 불릴 뿐 그가 회장이라는 것은 조카들도 잘 모르는 사실이다.

KP무역의 주요 파트너들 역시 장주원을 영업이사로만 알고 있지 그가 회장이라는 사실은 모른다.

한마디로 이 세상에서 그가 회장이라는 사실을 아는 이는 몇 없으며, 그의 재산 역시 차명으로 되어 있었다.

그러니 조카 태하 역시 그가 무역업을 하는 사람으로만 알고 있을 뿐 거대 기업의 총수라는 사실은 모르고 있었다.

태하에게 장주원은 그저 무역 사업을 하는 사업가, 혹은 친한 외숙으로만 기억되고 있을 뿐이다.

장주원이 회사로 복귀하자마자 그의 곁으로 20명의 수행 비서가 붙었다.

"회장님, 오셨습니까?"

"이번에 미국 제이튼 항운이 매물로 나왔다는데 어떻게 되었나?"

"현재 우선 협상 대상자 선정을 위한 로비가 진행 중에 있습니다."

"으음, 제이튼 회장이 그리 호락호락한 사람은 아닐 텐데?"

"방법이 있을까요?"

"그 사람은 돈보다 고미술품에 관심이 많아. 내가 아는 사람이 시크릿옥션을 운영하고 있으니 그쪽으로 가서 값진 미술품 몇 점 받아다 안기게나. 그럼 자연히 입을 열 거야."

"예, 회장님. 그리하겠습니다."

그가 20대 후반의 나이로 이만큼 회사를 일군 것은 집안의 도움도 있었지만 태어날 때부터 타고난 장사 수완 덕분이었다.

장주원은 자신에게 필요한 것이 무엇이고 상대방이 필요한 것이 무엇인지 아주 잘 아는 혜안을 가졌으며, 목표를 이루기 위해선 어떻게 행동해야 하는지 계산하는 이해타산이 빨랐다.

아마 장씨 일가에서 가장 사업가적 자질이 뛰어난 사람은 바로 막내 장주원일 것이다.

그는 수행 비서들에게 맡겨놓은 일들을 하나하나 차분하게 마무리하고 새로운 지시를 내렸다.

마지막으로 그에게 올라온 보고는 은행 쪽이었다.

"회장님께서 김태하 선생에게 주신 계좌의 잔고가 늘어났습니다. 그리고 최근에 450만 원이 한화로 빠져나갔습니다."

"…뭐라?"

장주원은 조카 태하에게 매달 용돈을 보내주고 있었는데, 사실은 집안에서 지원하지 않는 생활비를 보내주고 있는 실정이었다.

그는 이미 독일계 종합병원을 인수하여 기업형 병원으로 구조 개편을 하는 중이었는데, 그 병원장으로 태하를 앉힐 생각이었다.

하지만 최근 조카 태하가 실종되는 바람에 평생의 숙원을 이루지 못하게 되었다.

그런데 그 조카의 통장이 들쑥날쑥 움직였다는 것은 장주원의 심장을 들었다 놓는 일이다.

"계좌가 연동된 곳은?"

"아르헨티나입니다. 저희들이 보기엔 명화은행 계좌가 해킹을 당한 것 같습니다."

"으음……."

"계좌를 폐쇄할까요?"

조카를 위해 열어둔 계좌가 해킹을 당했다니 그는 잠시 생각에 잠겼다.

"자네가 만약 해커라면 돈을 450만 원만 빼가겠나?"

"아니지요."

"그렇다면 그 계좌를 누군가 오래도록 사용하려 건드린 것이란 말이 되지 않겠나?"

"하지만 계좌가 사용된 곳이 너무 터무니없어서 말입니다."

"일단 계좌를 폐쇄하는 것은 보류하게."

"예, 알겠습니다."

이윽고 그는 사무실로 들어가 개인 PC를 부팅하고 각종 전자 통신기기의 스위치를 켰다.

딸깍!

스위치 한 번이면 15개의 통신기기의 전원에 불이 들어온
다.

지잉, 지잉, 지잉.

일주일 자리를 비웠다고 여기저기서 난리가 났다.

그는 가장 먼저 전 세계 각지의 정보 장사꾼들의 메시지를
받았다.

정보 장사꾼들은 암암리에 돌아다니는 정보를 장주원에게
전송하고 그에 합당한 돈을 받았다.

소소하게는 정치인들의 스캔들부터 연예계 스타들의 사생
활까지 전해지며 가끔은 국가적 중대 사안도 함께 딸려 나오
기도 한다.

수많은 정보들을 받아놓고 그것을 정보담당 비서에게 보
내놓은 장주원은 태하와의 연락을 위한 태블릿PC를 확인했
다.

부재중 통화 5통 ― 인터넷 전화: 발신자 김태하
메시지 한 개

삼촌, 태하입니다.

저 아직 죽지 않았습니다. 혹시 모르니까 비밀리에 전화 주
세요.

참고로 여긴 아르헨티나예요.

태블릿을 열어본 장주원은 그 자리를 박차고 일어섰다.

"태하?! 이놈, 살아 있었구나! 하하하!"

그는 당장 태하를 만나러 가기 위해 또다시 스케줄을 비운다.

장주원은 비서실장을 호출했다.

―예, 비서실장입니다.

"아르헨티나로 간다. 준비할 수 있도록."

―예, 알겠습니다.

그가 인터폰을 끊으려는데 비서실장이 한마디 덧붙인다.

―회장님, 그보다 보고드릴 사안이 또 있습니다.

"뭔가?"

―지금 츠바사 모리시타 군이 식물인간 상태로 발견되었다고 합니다. 장지원 본부장은 실종이고요.

"…뭐라?!"

―명화방의 고수 100명이 중국으로 떠났습니다. 아무래도 부방주께서 뭔가 꼬리를 잡은 듯합니다.

"갑자기 큰누나와 작은누나가 연달아……?"

―중국으로 가보지 않으셔도 되겠습니까?

"아니, 그것보다는 아르헨티나로 먼저 가는 편이 낫겠어. 큰

형이 알아서 잘 하시겠지."

—예, 알겠습니다. 그럼 그리 준비하겠습니다.

인터폰을 끊은 장주원은 다소 심란해진 표정으로 짐을 챙겼다.

*　　　　*　　　　*

중국 광저우로 가는 비행길.

휘이이이잉!

명화그룹에서 운용하는 명화항공의 비행기 중에서 대규모 전력이 움직일 때 사용하는 전용기에 100명의 고수가 탑승하고 있다.

이번 원정에는 20명의 사외이사들과 현직 이사 10명이 탑승하였고, 그 문하 중에서 실력이 뛰어난 검객만을 엄선하여 탑승하였다.

이들을 이끌고 가는 수장인 명화방의 부방주 장수원은 오늘에야말로 원수를 갚겠노라 다짐했다.

부고한 아버지의 앞에 형제들을 잘 보살피겠노라 약속했던 장수원은 그동안 적지 않은 충격을 받았다.

연달아 누이 둘이 변고를 당하고 조카들까지 잃었으니 그의 심경이 이루 말할 수 없이 피폐해져 있었다.

"이놈의 화산파 놈들, 오늘에야말로 반드시 끝장을 보고 말겠다!"

"물론입니다! 솔직히 그동안 화산파 놈들이 개방의 재건 등으로 우리와 감정이 좋지 않은 것이 사실 아닙니까? 아무래도 우리 명화방에 악의를 품고 일부러 두 고수를 암살한 것이 틀림없습니다!"

"화산파뿐만이 아니라 그들과 손을 잡은 무당까지 한 번에 쓸어버릴 것이다. 이놈들, 절대로 가만두지 않을 것이야."

비행기는 이제 대한민국 상공을 지나 남중국해로 향하는 중이다.

따르르릉!

원래대로라면 전화기 사용이 금지되어 있지만 오늘 같은 비상시국엔 켜둘 수밖에 없었다.

"네, 명화방 장수원입니다."

―부회장님? 이세민입니다.

"예, 부회장님. 조사단 일은 죄송하게 되었습니다. 제가 집안 사정이 있어서……."

―이해합니다. 당연히 가봐야지요.

"그리 이해해 주시니 뭐라 감사를 드려야 할지 모르겠군요. 괜히 한 입 가지고 두말하는 놈이 되는 것 같아서 마음이 좀 그랬습니다."

―하하, 어찌 남자가 일의 중요함을 따지지 않겠습니까? 게
다가 조카가 발견되어 그나마 다행입니다.

"감사합니다."

―그나저나 부회장님, 아무래도 우리 명화가 백명회에게 당
한 것이 아닌 것 같습니다.

"그럼······."

―당문의 단독 소행이 아닌가 합니다.

"하지만 매제의 몸에는 분명 백명회의 일화신장이 남긴 상
처가 있었습니다."

―그렇긴 한데 제가 일화신장의 장인을 만나보니 그게 아
닌 것 같더군요. 그는 정말로 아무것도 모르는 것 같았습니
다.

"흐음, 그럼······."

―당문에서 재야 고수를 등용하여 살인을 벌인 것이 아닌
가 싶습니다. 만약 그들이 명화를 독에 중독시키고 일화신장
과 비슷한 무공을 사용하는 재야 고수를 등용했다면 충분히
말이 됩니다.

"결국 모든 연결 고리는 당문에서부터 시작되는군요."

―독이라면 빠지지 않는 곳이니까요.

그는 장수원에게 중국행에서 조심할 것을 당부한다.

―아무쪼록 이번 원정은 특히 조심하시기 바랍니다. 어지

간하면 직접 움직이지 않는 편이 좋고요.

"당부 감사합니다. 하지만 이미 중국으로 날아가는 중입니다."

—흐음, 아무래도 감이 좋지 않은데…….

"걱정하지 마십시오. 제가 돌아오는 대로 연락을 드리겠습니다."

—그럽시다.

전화를 끊은 그는 남은 거리를 확인해 보았다.

"얼마나 남았나?"

—…….

기장과 연결된 인터폰이 작동하지 않는다.

"기장?"

—…쿨럭쿨럭!

순간 장수원은 자리를 박차고 일어섰다.

"기장실로 가보게! 어서!"

"예, 부회장님!"

명화방의 고수들이 기장실로 들어가는 바로 그때, 비행기의 왼쪽 날개가 불에 타 날아가 버렸다.

장수원은 기울어지는 비행기에서 보법을 밟아 중심을 잡았다.

파밧!

바로 그때, 비행기의 옆구리가 폭탄에 의해 떨어져 나가고
만다.

쿠웅, 콰앙!

쐐에에에에엥!

"크윽!"

장수원은 비행기 좌석 위에 달린 짐칸을 부여잡은 채 안간
힘을 쓰며 버텼다.

잘못하면 몸이 날아가 낙하산도 없이 바다에 떨어질 수도
있기 때문이다.

그런 그의 눈앞에 놀라운 광경이 벌어진다.

"후우……."

낙하산을 등에 멘 명화방의 박미현이 깊이 심호흡을 하고
있다.

순간, 장수원의 눈동자가 터질 듯이 커졌다.

"미, 미현이 네가……?"

"죄송합니다. 저도 사정이 있었답니다. 아무튼 잘 가세
요."

"……!"

그녀는 비행기에서 뛰어내림과 동시에 두 개의 리모컨을 작
동시켰다.

딸깍!

쾅, 콰아앙!

순식간에 비행기는 불길에 휩싸였고, 장수원은 타오르는 불길과 함께 망망대해로 떨어져 내렸다.

*   *   *

아르헨티나 부에노스아이레스 국제공항으로 일본발 비행기가 도착했다.

입국 게이트에서 외숙을 눈이 빠지게 기다리고 있던 태하는 드디어 장주원과 상봉했다.

"삼촌!"

"태하야!"

두 사람은 만나자마자 서로를 부둥켜안고 기쁨을 나누었다.

"하하하, 이놈아! 나는 네가 꼭 죽은 줄로만 알았잖느냐?!"

"저도 제가 죽을 줄 알았어요."

"다행이다. 네 부모님이 그렇게 가시고 너마저 잃는 줄 알고 얼마나 괴로웠는지 모른다. 네가 살아 있으니 누나의 생환도 기대해 볼 수 있겠구나!"

태하는 고개를 푹 숙였다.

"삼촌, 사실은⋯⋯."

그는 어머니가 어떻게 가셨는지 얘기해 주었고, 장주원은
그 자리에 털썩 주저앉고 말았다.

풀썩.

"누, 누나⋯⋯."

"죄송해요. 그때의 저는 아무것도 할 수 없었어요."

"아니다. 네가 무슨 잘못이냐? 그리고 그때의 누나는 이미
숨진 상태였다면서."

"그렇긴 하지만⋯⋯."

"이런 빌어먹을 놈들, 큰누나를 수장시킨 것으로도 모자라
작은누나까지 건드리다니!"

"이, 이모가 변을 당하셨나요?!"

"츠바사가 사라지고 난 후 곧바로 변을 당했어. 지금 광저
우에 있는 것으로 파악되고 있어."

"그럼 어서 이모를 구하러 가야지요!"

"그래야지. 하지만 네 큰외삼촌이 구하러 가셨으니 지금쯤
이면 아마 결판이 났을 거다."

"다행이군요. 큰외삼촌이라면 충분히 구해내시고도 남을
테니까요."

태하의 기억에 장수원은 슈퍼맨이다.

그는 이 세상에서 못 하는 것이 하나도 없는 사람이며 위기

의 순간에 항상 태하를 구해주었다.

어떨 때엔 돌아가신 외할아버지가 살아오신 것 같은 착각이 들 때도 있었다.

아니, 어쩌면 이제 외가의 식구들에게 장수원은 아버지와 같은 존재인지도 모른다.

조카와 조우한 장주원은 그의 곁에 있는 아가씨를 바라보며 물었다.

"누구? 애인?"

"아니요, 동료예요."

"동료?"

그의 눈이 순간 음흉해진다.

"자식, 다 컸네? 죽을 뻔한 순간에도 할 건 다 했나 봐?"

"…삼촌!"

"낄낄, 이놈, 대단한데? 이런 미녀를……."

청림이 그에게 정중히 인사했다.

"청림입니다."

"그래요. 반가워요, 예비 조카며느님."

그녀는 너스레를 떠는 장주원에게 일침을 가했다.

"오라버니와 저는 이어질 수 없습니다. 태생적으로 그래요."

"뭐? 로미오와 줄리엣도 아니고 그게 무슨 귀신 씻나락 까

먹는 소리야?"

태하는 어색하게 웃었다.

"하하, 뭐 그런 게 있어요."

"⋯⋯?"

세 사람이 조우하고 있을 무렵, 위시현이 부리나케 달려왔다.

"선생님!"

"위시현 팀장님?"

"으음?! 저 여인은 또 누구인고?"

"중국으로 날아가던 명화방의 전용기가 폭파당했답니다!"

"⋯뭐라?!"

심장이 폭발할 듯 크게 놀라는 장주원과 태하에게 그녀가 말했다.

"어서 일본으로 가보셔야 할 것 같습니다!"

"제기랄!"

태하는 장주원에게 일을 분담하자고 제안했다.

"삼촌이 일본으로 가보시죠. 제가 중국으로 갈게요."

"뭐? 하지만 그곳은 위험해."

"저도 이젠 제 앞가림 정도는 해요. 그리고 제 동료들도 있고요."

"으음. 그래, 알겠다. 하지만 조심해. 이제 보니 그놈들, 보통이 아니구나."

"명심하겠습니다."

화수는 당장 중국행 비행기에 몸을 실었다.

『현대 무림 지존』 2권에 계속…

미러클 테이머

인기영 장편소설

FUSION FANTASTIC STORY

MIRACLE TAMER

이계로 떨어져 최강, 최고의 테이머가 되었다.
그러나… 남은 것은 지독한 배신뿐.

배신의 끝에서 루아진은 고향 지구로 되돌아오게 되는데……
몬스터가 출몰하기 시작한 지구!
그리고 몬스터를 길들일 수 있는 테이머 루아진!
그 둘의 조합은……?

『미러클 테이머』

바야흐로 시작되는
테이머 루아진과 몬스터들의 알콩달콩한
대파괴의 서사시!!

이모탈 퓨전 판타지 소설
FUSION FANTASTIC STORY

용병들의 대지
Road of Mercenaries

이 세계엔 3개의 성역이 존재한다.
기사들의 성역, 에퀘스.
마법사들의 성역, 바벨의 탑.
그리고… 그들의 끊임없는 견제 속에 탄생하지 못한

『용병들의 대지』

전쟁터의 가장 밑을 뒹굴던 하급 용병 아론은
이차원의 자신을 살해하고 최강을 노릴 힘을 가지게 된다.

그의 앞으로 찾아온 새로운 인생!
아론은 전설로만 전해지던
용병들의 대지를 실현시킬 수 있을 것인가!

Book Publishing CHUNGEORAM